KB236604

범우문고 112

발자크와 스탕달의 예술논쟁

발자크 · 스탕달 지음 | 김진욱 옮김

범우사

국립중앙도서관 출판시도서목록(CIP)

발자크와 스탕달의 예술논쟁 / 발자크, 스탕달 지음 ; 김진욱
옮김. -- 3판. -- 파주 : 범우사, 2006
    p. ;   cm. -- (범우문고 ; 112 - 역사·평론)

원저자명: Balzac, Jean Louis
원저자명: Stendhal
ISBN 89-08-06112-6 04800 : ₩2800
ISBN 89-08-06000-6(세트)

860.9-KDC4
840.9-DDC21   CIP2006002791

차 례

이 책을 읽는 분에게

《발자크와 스탕달의 예술논쟁》은 스탕달(본명:마리 앙리 베일)의 《파르므의 수도원》을 둘러싸고 소설이란 어떠해야 하는가, 문체의 비밀은 어디에 있는가, 작가의 정신은 어떠해야 하는가 등에 대한 발자크와 스탕달의 심오한 예술논쟁을 펼쳐놓은 책이다.

발자크는 당시 무명 작가였던 스탕달을 지지하는, 문학사상 전례가 없으리라 여겨지는 깊은 존경과 우정어린 논평을 발표했다. 물론 그가 스탕달을 무조건 찬양한 것은 아니다. 《파르므의 수도원》의 방법과 문체 속에 자신과 크게 어긋나고 이질적인 정신이 담겨 있음을 의식하고는 대담하고 솔직하게 이를 지적하는 동시에 자신의 소신을 말했다.

발자크의 소설은 사회전체의 파노라마를 묘사하는 반면 스탕달은 사실주의의 한 형태를 이루어 한 사람의 주인공이라는 렌즈를 통해 시대와 사회를 비추어낸다.

또한 스탕달은 심리적으로 매우 사실적인 서술법과 여러 비연속적 수법으로 자신의 소설을 구축해 갔지만 발상과 수법의 참신함 때문에 생전에 많은 이해를 얻지 못하고, 죽은 뒤에야 인정을 받았다.

따라서 이 책은 두 명의 위대한 예술가들의 문학에 대한 대립적인 열정과 자기 작품에 대한 애정이 그대로 드러나 있어, 읽는 이들을 매료시키기에 충분하다.

옮긴이

하지만 나는 이 위대한 명찰자明察者가 양원제도 하의 정부의 어리석음과 저열함을 여전히 인정하고 있는 점을 의심하는 것이다. 《파르므의 수도원》에는 깊은 의미가 숨겨져 있다. 그러나 분명히 그것은 전제주의와 모순되는 것이 아니다. 그는 자신이 사랑하고 있는 것도 비웃는다. 그는 프랑스인인 것이다.

발자크

단지 자신들이 고귀한 가문 출신이 아니라는 이유만으로 귀족 계급을 더할 나위 없이 존경하고 있는 거칠고 촌스러운 벼락 출세자들이 사회에 오명을 덮어씌우는 짓을 하지 않게 되면, 사회가 귀족의 신문新聞 앞에 무릎을 꿇는 일은 없어질 것입니다. 1793년까지는 상류 사회가 서적들에 대한 진정한 비판자였습니다. 하지만 지금은 1793년으로의 복귀를 꿈꾸고 있는 상황에서 두려움으로 인하여 이미 판단할 수도 없게 된 겁니다. …… 저는 할 일이 없어 머리가 멍청해져버린 이 공포병 환자들의 마음에 드는 작품을 쓰기란 불가능한 일임을 분명히 알게 되었습니다.

스탕달

스탕달 론

발자크

　오늘날 문학은 분명히 세 가지의 모습을 나타내고 있다. 쿠쟁[1]이 '삼위일체' 라는 말을 쓰기 싫어서 만들어 낸 삼중섬三重性이라는 표현은 결코 퇴폐의 징후가 아니라 문학적 재능이 풍성한데 따른 자연스런 결과라고 생각된다. 이는 17세기나 18세기가—정도의 차이는 있지만—한 인간 내지는 한 시스템의 지배에 굴복한 데 반하여, 단 하나의 똑같은 형식에 만족하지 않는 19세기에 대한 찬양을 의미하는 것이다.

　이 세 가지 형식이나 외관, 시스템 등의 호칭은—자기 취향대로 불러도 되지만—모두 자연스러우며, 소설이 읽히고 문화가 보급됨에 따라 감상하는 사람들의 수가 불어나 독자가 많이 증대된 오늘날, 당연히 표현되어야 할 일반적인 공감에 적합한 것이다.

　모든 세대나 모든 민중에게는 만가적挽歌的이고 명상

적이며 관조적인 지성이 있으며, 이는 특히 자연의 웅대한 스펙터클이나 위대한 모습에 마음이 끌려, 그것들을 마음 속 깊은 곳에 투영시키는 것이다. 여기서 자연히 내가 '형상形象의 문학'이라고 부르고 있는 일파一派가 생겨난 것이며, 서정시나 서사시와 같은 이러한 사물을 관조하는 데서 생겨나는 모든 것들이 이 파에 속해 있다.

반대로 또 다른 적극적인 정신이 있는데, 그것은 속도나 운동, 간명簡明, 충돌, 행동, 드라마 등을 사랑하고 논의를 피하며, 공상을 좋아하지 않고 결과를 존중한다. 여기서 내가 앞의 일파와 대립시켜 '관념의 문학'이라 부르려 하는 다른 시스템이 생겨난 것이다.

마지막으로 다른 완전한 사람들, 즉 '양면적인' 지성을 가진 사람들은 모든 것을 받아들이며, '완성'은 사물에 대한 완전한 개관概觀을 필요로 한다고 생각하면서 서정시와 행동, 즉 드라마와 오드(ode, 운율을 지닌 서정시)를 원하고 있다. 내가 '문학적 절충주의'라 부르려 하는 이 일파는 세계를 있는 그대로 묘사할 것을 요구하고 있다. 즉 형상(image)과 관념(idee), 형상에 있어서의 관념 혹은 관념에 있어서의 형상, 운동과 공상 등을 묘사할 것을 요구하는 것이다. 월터 스콧[2]은 이 절충주의로써 완전히 성공하고 있다.

어느 유파流波가 더 훌륭한지 나는 알지 못한다. 나는 이 자연스런 차이를 통해 무리한 결론을 끌어내려 하지 않는다. 그래서 나는 형상파形象派의 어느 시인에게는 관념이 없다든지, 관념파의 다른 시인은 아름다운 형상을 창조할 수 없다는 따위의 말을 하려고는 생각하지 않는다. 이 세 가지 형식은 시인의 작품으로부터 받는 일반적인 인상에 지나지 않으며, 말하자면 소설가가 자신의 사상을 투입하고 있는 주형鑄型이며, 지성의 경향을 나타내는 것에 지나지 않는다. 모든 형상은 어떤 관념에, 혹은 더 정확히 말하면, 관념의 결합인 '감정'에 상응하고 있다. 하지만 관념이 반드시 형상화되는 것은 아니다. 관념은 잇따라 활동을 요구하지만, 이것이 모든 지성인에게 있어 쉬운 일은 아니다. 따라서 형상은 본질적으로 일반적이기 때문에 이해하기 쉬운 것이다. 빅토르 위고[3]의 《노트르담 드 파리》가 《마농 레스코》와 동시에 나타났을 경우를 상상해 보라. 《노트르담 드 파리》는 《마농 레스코》보다 훨씬 신속하게 대중의 마음을 사로잡고, '민중의 목소리(Vox populi)' 앞에서 무릎을 꿇는 사람들의 눈에도 《마농 레스코》보다 더 훌륭하게 여겨졌을 것이다.

그러나 작품이 어떤 장르로 씌어져 있든 간에, 그것은 관념과 형식의 법칙을 따르고 있을 경우에만 '인간의 기억'에 남는다. 문학에서의 형상과 관념의 관계는 회화에서의 이른바 데생과 색채의 관계와 흡사하다. 루벤스[4]와 라파엘로[5]는 위대한 화가다. 그런데 라파엘로를 색채화가가 아니라고 생각한다면 우스운 오류를 범하는 셈이 될 것이다. 또 루벤스를 소묘가素描家가 아니라고 생각하는 사람들도 이 위대한 플랑드르 인이 제노바의 에스이타 교회에 바친 그림 앞에서는 그 데생을 찬양하며 무릎을 꿇을 것이다.

스탕달이라는 필명으로 더 유명한 베일은 내가 보기에는 '관념의 문학'에 있어 가장 빼어난 거장巨匠 중 한 사람이다. 이 유파에는 알프레 드 뮈세,[6] 메리메,[7] 레온 고슬랑,[8] 베랑제,[9] 도라비뉴,[10] 프랑쉬,[11] 지라르당 부인,[12] 알퐁스 칼,[13] 샤를 노디에[14] 등이 속해 있다. 앙리 모니에[15]는 그의 잠언箴言의 진실성에 의해 이 파의 동료로서 여겨지고 있다. 그 이유는 그의 작품들이 보통 순수한 관념이 결여되어 있음에도, 이 유파의 특질을 이루고 있는 자연스러움과 엄격한 관찰이 충만해 있기 때문이다.

이 유파는 이미 우리에게 몇 개의 아름다운 작품을 보여주고 있는데, 풍부한 사실과 절도 있는 형상, 압축성, 명석함, 볼테르[16] 풍의 간결한 문장, 18세기풍의 화술話術, 특히 유머러스한 감정 등이 두드러져 보인다. 베일과 메리메는 무척 진지하기는 하지만, 사건을 묘사하는 태도는 왠지 아이러니컬하고 음험해 보인다. 우스꽝스러운 것이 억제되어 있으며, 돌〔石〕의 내부에서 타오르고 있는 불꽃 같은 것이다.

빅토르 위고는 분명히 '형상 문학'에 있어서의 최대의 천재이며 라마르틴[17]도 이 파에 속해 있다. 이 유파의 명명자命名者는 샤토브리앙[18]이고, 그 철학의 창시자는 바랑쉬[19]다.《오베르망》[20]은 이 파의 작품이다. 오귀스트 바르비에,[21] 테오필 고티에,[22] 생트 뵈브[23] 등은 이 파의 사람들이다. 물론 무력한 모방자들도 많이 있지만 내가 여기에 열거한 작가들 중에는 이를테면 세낭쿠르[24]나 생트 뵈브처럼 이따금 감정이 형상을 앞질러가는 사람들도 있다. 드 비니[25]도 산문보다는 오히려 시에 의해 이 위대한 유파와 결부되어 있다. 이 시인들은 모두 유머러스한 감정을 거의 갖고 있지 않다. 이들은 싱싱한 감각을 갖고 있는 고티에를 제외하고는 대화라는 것을 알지 못한다. 위고의 대화는 그 자신의 언어와 너무나도 닮아 있다. 그는 자신이 인물을 만들어내야 할 곳에 스스로 등장하는 것이다. 하지만 이 파도 다른 유파와 마찬가지로 아름다운 작품을 낳고 있다. 이 파는 풍부한 시적 장구章句나 풍부한 형상, 시적인 언어, 자연과의 내면적인 결부 등이 두드러져 보인다. 제1의 유파는 인간적이지만, 이 파는 감정의 힘을 빌려 세계의 정신 그 자체 위에까지 도달하려 하고 있다는 의미에서 신비적이다. 이 파는 인간보다도 자연을 선택한다. 이 유파 덕분에 없어서는 안 될 많은 시詩가 프랑스 어로 씌어졌던 것이다. 왜냐하면 이 유파(이렇게 말하는 것을 허용해주기 바란다)는 프랑스어에서의 '실증주의'나 18세기 작가들의 특징인 무취미성無趣味性과 오랫동안 대립되어온 그 시적 감정을 발전시켜왔기 때문이다. 장 자크 루소[26]나 베르나르댕 드 생피에르[27]는 내가 보기에는 이 고마운 혁명의 영도자였다.

고전주의와 낭만주의의 싸움의 비밀은 전적으로 이러한 지성의 상당히 자연스러운 차이 속에 있는 것이다. 2세기 동안 관념의 문학이 전체를 지배하고 있었다. 18세기의 후계자들은 모든 문학을 위해 그들이 알고 있는 유일한 시스템인 이 문학을 채용하지 않으면 안 되었다. 고전주의 옹호자들을 공격하지는 말자. 사건이 풍부하고 치밀하기도 한 관념의 문학은 프랑스의 천재에게 어울리는 것이다. 《사보아의 보좌신부의 선언》이나 《캉디드》《시라와 유크라트의 대화》《로마인 성쇠 원인론》《시골 사람에게 보내는 편지》《마농 레스코》《지르 브라스》 등의 작품에는 형상 문학의 여러 작품들보다도 훨씬 더 프랑스인의 정신이 충만해 있다. 그러나 우리는 시詩에 있어서는 후자로부터 힘입은 바가 크다. 이에 대해서는 라 퐁텐[28]이나 앙드레 셰니에,[29] 라신[30] 등을 제쳐두더라도, 지난 2세기 동안 우리는 한 번도 의심한 적이 없다. 형상 문학은 아직 요람기에 있지만, 이미 이론異論을 제시할 여지가 없는 재능을 가진 적지 않은 사람들을 포용하고 있다. 하지만 다른 유파 역시 많은 천재들을 포용하고 있음을 보고, 나는 아름다운 언어의 나라에서의 퇴폐가 아니라, 오히려 그 위대함을 믿는 것이다. 싸움은 끝났다. 우리는 이렇게 말할 수 있으리라.──낭만주의는 어떤 새로운 방법도 발견하지 못했다고 말이다. 이를테면 연극에서 움직임이 결여되어 있다고 개탄하는 사람들은 대사나 독백을 빈번히 사용하고 있지만, 우리는 여전히 보마르셰[31]의 다그쳐 묻는 듯한 예리한 대화를 들어보지도 못하고, 또 언제나 이성과 관념으로부터 출발하고 있는 몰리에르[32]의 해학도 구경하지 못하고 있는 것이다.

해학은 명상과 형상의 적敵이다. 위고는 이 싸움에서 얻은 것이 많았다. 하지만 교양이 있는 사람들은 제정帝政 시대에 샤토브리앙이 도전을 받았던 그 싸움을 연상한다. 그것은 매우 격렬했지만 얼마 후에 진정되었다. 왜냐하면 샤토브리앙은 아주 고독했고, 위고의 '군중 (stipante caterva)' 도 없었고, 신문의 반대도 없었고, 더욱 유명하고 더 존경받고 있던 영국이나 독일의 천재들이 낭만주의자에게 안겨준 것과 같은 그러한 원조도 없었기 때문이었다.

제3의 유파를 살펴보자. 이 파는 어느 유파와도 연결이 되어 있지만, 처음의 두 파만큼 대중을 열광시키는 행운을 얻지 못하고 있다. 대중이라는 것은 절충책(折衷策, mezzo termine)이나 혼합물을 별로 좋아하지 않는다. 그들은 절충주의 속에는 —— 그것이 정열을 억누른다는 이유로 —— 정열과는 대립되어 있는 화해가 잠겨 있다고 생각하는 것이다. 그런데 어떤 일에 있어서나 프랑스는 싸움을 사랑한다. 평화로운 시대에도 프랑스는 여전히 싸우고 있다. 그렇지만 내게는 월터 스콧이나 스탈 부인,[33] 쿠퍼,[34] 조르주 상드[35] 등은 충분히 아름다운 재능을 갖고 있는 것처럼 생각된다. 나는 어떤가 하면 다음과 같은 이유로 문학적 절충주의의 깃발 아래로 달려가는 것이다. 즉 나는 17세기나 18세기의 엄격한 문학적 방법에 의해 현대 사회를 그려낼 수 있으리라고는 믿지 않는다. 드라마틱한 요소나 형상, 서경(敍景), 묘사, 대화 등을 도입하는 것이 현대 문학에는 꼭 필요한 일이라고 생각된다. 분명히 말하면 《지르 브라스》는 형식적으로 낡아빠진 것이다. 사건이나 관념이 쌓여가고 있는 곳에 뭔가 무익한 것이 있다. 인간이 된 관념은 가장 멋있는 예술이다. 플라톤[36]은 그 심리적 관념을 대화화한 것이다.

《파르므의 수도원》은 현대 및 과거를 통해 관념 문학의 걸작이라고 생각된다. 베일은 이 작품에서 다른 두 파에 양보하고 있는 것도 있지만, 이는 양식이 있는 사람들에게는 허용되고, 또한 양 진영을 만족시키는 것이기도 하다.

내가 중요한 일이라고 생각하면서도 이 책에 대해 언급하는 것이 이토록 늦어진 것은 무사無私의 감정이라 할 수 있는 것을 얻는 데 어려움을 느꼈기 때문이라는 것을 믿어주기 바란다. 현재도 내가 그러한 기분으로 있을 수 있으리라고는 확신할 수 없다. 천천히, 잘 생각해 보면서 세 번이나 읽어봤지만, 역시 이 소설은 걸작이라고 생각한다.

나는 자신의 칭찬이 얼마나 비웃음을 샀는지 알고 있다. 오히려 나는 열광하고 있다는 말을 들을 것이다. 그런데 나는 더 이상 열중하지 않아도 되는 지금도 여전히 너무 기뻐서 어찌할 바를 모르고 있다. 공상가라는 것은 속물들이 오만하면서도 아이러니컬하게 결코 이해하려 하지 않는 어떤 종류의 작품에도 이내 애정을 품지만, 마찬가지로 곧 잊어버리는 법이라고 사람들은 말한다. 단순한 사람들 혹은 사물의 피상적인 면만을 거만한 눈초리로 둘러보고 있을 뿐인 기지가 있는 사람들은 내가 쓸모 없는 것을 극구 칭찬하며 역설을 즐기고 있다고 —— 그리고 생트 뵈브처럼 무명無名의 친구를 갖고 있다고 —— 말할 것이다. 하지만 나는 진실을 거역할 수는 없다. 그뿐이다.

베일은 각 장章마다 그 숭고함이 찬란하게 빛나는 소설을 썼다. 그는 웅대한 주제를 발견해 내기가 어려운 연령에 도달하고, 또한 매우 기지가 뛰어난 저작을 20권이나 펴낸 다음에, 진정으로 고귀한 정신을 지닌 인간밖에는 감상할 수 없는 소설을 낳았다. 요컨대 그는 '근대의 대공大公'을 묘사한 것이다. 마키아벨리[37]가 이탈리아에서 추방되어 19세기에 살아있었다면 아마도 그가 썼으리라고 여겨지는 소설을 쓴 것이다.

그런데 베일의 명성을 저해하는 가장 큰 장애가 되는 것은 《파르므의 수도원》이 외교관이나, 대신大臣이나, 관찰자나, 더 훌륭한 주교계의 사람들이나, 더 훌륭한 예술가들 —— 즉 유럽의 두뇌인 1,200명 내지는 1,500명의 사람들 —— 외에 이 작품을 즐길 능력이 있는 독자를 발견할 수 없다는 점이다. 따라서 이 놀라운 소설이 세상에 태어난 지 10개월이나 지났는데도, 이 작품을 읽고, 이해하고, 연구하고, 분석하고, 찬미하거나혹은 하다못해 넌지시 빗대어 빈정대는 말이라도 하려 한 언론인이 단 한 명도 없었다는 것은 놀라운 일이 아니다. 나는 나 스스로도 잘 알 수 없지만, 최근 이 작품을 세 번 읽었다. 나는 이 작품이 더욱 훌륭함을 발견하고, 그리고 선행을 베풀었을 때에 느껴지는 것과 같은 일종의 행복감을 느꼈다.

일부 특권을 부여받은 사람들의 안식眼識에 의해서만 그 '천재성'을 인정받을 수 있는 인물을 —— 아첨하는 민중은 찬양하고, 위대한 영혼을 가진 사람들은 경멸하고 있는 그 신속하게 변하기 쉬운 명성을 그 탁월한 관념으로써 외면해온 큰 재능을 지닌 인사를 —— 올바로 인정하려 하는 일이 과연 선행이 아니라고 할 수 있을까? 만일 범용凡庸한 자들도 이해하기에 따라서는 최고의 사람들과 같은 높이에까지 자신을 높일 수 있는 행운을 잡을 수 있다는 것을 알게 된다면, 아마도《파르므의 수도원》은《크라리시사할로》가 세상에 나타났을 때와 같은 정도의 많은 독자를 얻었을 것이다.

양심에 의해 정상적이라고 인정을 받은 찬양 속에는 이루 형언할 수 없는 기쁨이 있다. 지금 말하려고 하는 모든 것을 나는 순수하고 고귀한 마음을 가진 사람들에게 호소하고자 한다. 이런 말을 하지 않으면 안 되는 것이 참으로 슬픈 일이지만, 그러한 사람들은 여러 나라에 마치 알려지지 않은 행성처럼—— 오로지 예술을 숭배하는 지성의 일족─族 속에──산재해 있는 것이다. 인류는 예로부터 이 지상에서, 정신의 성좌星座와 푸른 하늘과 천사를, 그리고──스웨덴의 대예언자인 스베덴보리[38)가 매우 좋아하는 말을 빌리자면── '선택된 민중'을 갖고 있지 않았는가. 진정한 예술가는 이 민중을 위해 작업을 하며, 이들의 심판이야말로 그들로 하여금 빈곤이나 벼락출세한 자들의 무례함이나 정부政府의 냉담함을 참고 견뎌내게 하는 것이다.

짓궂은 사람들은 장황하다고 말할지도 모르지만, 허용해 주기 바란다. 우선 나는 이토록 기묘하고, 이토록 흥미진진한 이 소설에 대한 분석이──더할 나위 없이 성미가 까다로운 사람들에게도──이것 대신 미간未刊의 소설을 손에 넣은 것 이상으로 많은 즐거움을 안겨 주리라는 것을 확신하고 있다. 만일 다른 비평가가 한 페이지 속에 한 권의 책의 내용을 담을 수 있거나, 적어도 북부 이탈리아를 알고 있는 사람이 아니면 이해할 수 없을 것 같은 이 작품을 적당히 설명하려 한다면, 누구나 나의 논문과 같은 길이의 글을 적어도 세 편은 필요로 했을 것이다. 마지막으로 베일의 힘을 빌려, 나는 독자 여러분이 끝까지 재미있게 읽을 수 있도록 교훈적으로 서술하려고 노력했다는 점을 이해해 주기 바란다.

안젤리나를 생략하여 지나라고 불리던 아르셀러 델

동고 후작의 누이동생의 소녀 시절의 성격은 —— 일반적으로 이탈리아 여자는 프랑스 여자와 아주 비슷하지만 ——《포브러스》의 리뇰 부인을 연상시키는 점이 있었다. 지나는 자신을 나이 많고 유복한 밀라노의 귀족과 결혼시키려 하던 오빠의 뜻을 거역하고, 밀라노의 가난뱅이인 피에트라넬라 백작이라는 사나이와 결혼해 버렸다.

백작과 백작 부인은 프랑스 당黨에 소속되어 있었으며, 유제느 공公[39]의 궁정의 인기 있고 화려한 존재가 되었다. 이 이야기는 이탈리아 왕국 시대로부터 시작된다.

델 동고 후작은 오스트리아에 충실한 밀라노 인으로 스파이 노릇을 하고 있었으며, 14년 동안 황제 나폴레옹의 몰락을 기다리고 있었다. 그래서 지나 피에트라넬라의 오빠인 후작은 밀라노에 살고 있지 않았다. 그는 코모 호湖 기슭에 있는 글리안타 성城에 살면서 장남에게 오스트리아에 대한 사랑과 완고한 사상을 가르쳤다. 그런데 그에게는 피에트라넬라 백작 부인이 무척 사랑하던 파브리스라는 차남이 있었다. 파브리스는 차남이었으므로 그녀와 마찬가지로 한 푼의 재산도 상속받지 못하게 되어 있었다. 비상속자에게는 아름다운 마음씨가 정말로 따스하게 느껴지는 법이다. 그래서 그녀는 그를 위해 무엇인가를 해주고 싶었다. 게다가 파브리스는 매력이 있는 소년이었다. 그녀는 허락을 받아 파브리스를 밀라노의 학교에 입학시키고, 거기서 이따금 그를 총독의 궁전으로 데려가곤 했다.

나폴레옹이 처음으로 실각했다. 그가 엘바 섬에 있을 동안 오스트리아 인들에 의해 다시 점령된 밀라노에는 반동의 기운이 감돌고 있었다. 피에트라넬라 백작이 보고 있는 앞에서 이탈리아의 군대가 모욕을 당했다. 이 일로 격분한 백작은 결투를 벌여 죽음을 당했다.

백작 부인의 여인은 그녀의 남편을 위해 복수하기를 거절했다. 지나는——알프스 너머에서는 훌륭한 일로 여겨지고 있지만 파리에서는 어리석은 짓으로 생각되는 ——한 가지 복수 방법으로 그 남자에게 창피를 주었다. 그 복수란 다음과 같은 것이었다.

그녀는 '마음 속으로(in petto)' 6년 동안이나 자신에게 부질없는 연정을 품고 있던 이 연인을 경멸하고 있었지만, 그래도 이 가엾은 자에게 주의를 기울이면서, 그가 실의에 빠져 괴로워하고 있을 때 편지를 썼다.

의젓한 대장부로서 행동하십시오. 저를 역겨운 여자로 생각하신다면, 그것은 너무 한심한 일입니다. 이렇게 말하면 약간 경멸당한 듯한 느낌이 드실 테지만, 저는 이전과 마찬가지로 당신의 더할 나위 없이 얌전한 하녀입니다.

지나 피에트라넬라

그리고 이 20만 프랑의 연금을 받는 부유한 사나이를 더욱 부추켜주려고 그녀는 gingine하는 것이다(gingine 이라는 것은 연인끼리 이야기를 시작하기 전에 두 사람 사이에 거리를 두고 이루어지는 모든 것을 의미하는 밀라노 인의 동사다. gingino는 이 동사로부터 생겨난 명사인데, 이것은 연애가 갓 시작된 단계를 말한다). 이런 식으로 그녀는 잠시 동안 어느 어리석은 남자와 gingine한 다음 그 남자를 버린다. 이윽고 그녀는 1,500프랑의 연금으로 어느 3층 집에서 혼자 살아가게 되는데, 그곳으로 당시의 온 밀라노 사람들이 찾아와 그녀를 칭찬하곤 한다.

오빠인 후작은 코모 호반에 있는 부모로부터 물려받은 성채로 그녀를 초청한다. 그녀는 예쁜 조카인 파브리스를 만나 도움을 주거나, 올케를 위로하거나, 자신의 고향이면서 또 아들처럼 사랑하는 조카의 고향이기도 한 코모 호반의 아름다운 풍경 속에서 앞으로의 일을 천천히 생각해 보려고 성채로 찾아온다. 나폴레옹을 숭배하고 있는 파브리스는 주앙 만灣에 나폴레옹이 상륙했다는 말을 듣고 백부伯父인 피에트라넬라 백작의 황제에게 몸을 바치기 위해 출발하려 한다. 50만 프랑의 연금을 받는 후작 부인이긴 해도 한 푼도 자유로이 쓸 수 없는 그의 어머니와 무일푼인 백모伯母 지나는 자신들의 다이아몬드 반지를 파브리스에게 건네준다. 그는 그녀들의 영웅이었다.

이 열광적인 의용병은 스위스를 거쳐 파리에 도착하자마자 워털루 전투에 참가한다. 얼마후에 이탈리아로 되돌아오지만, 거기서는 그가 유럽의 안전에 반대하여 1815년의 음모에 가담했다는 이유로 아버지인 후작이 그를 저주하고, 오스트리아 정부는 그를 입국 금지자 명단에 올려놓았다. 그에게 있어 밀라노로 되돌아가는 일은 스필베르크 감옥에 투옥되는 것을 의미했다. 이때부터 영웅주의의 희생물이 된 불행한 파브리스(이 고귀한 소년)는 지나에게 '전부'가 되어버린 것이다.

백작 부인은 밀라노로 돌아갔다. 그녀는 뷔브너를 비롯 그 무렵에 오스트리아로부터 밀라노로 파견되어 있던 현명한 사람들로부터 파브리스를 추적하지 않는다는 약속을 받은 뒤, 매우 유력한 사교회원司敎會員의 충고에 따라 그를 노바라에 숨겨주었다. 이러한 사건이 일어나고 있는 동안에도 그녀는 무일푼이었다. 그렇지만 지나는 고상한 품위를 잃지 않았다. 그녀는 수많은 롬바르디아 미인들이 모여드는 밀라노나 스칼라 좌座에서가 아니면 잘 이해할 수 없는 그러한 타입의 롬바르디아 미인 —— 눈이 번쩍 뜨일 것 같은 여자(bellezza folagorante)였다. 이러한 파란 많은 사건은 그녀의 마음 속에 이탈리아인다운 멋있는 성격을 성숙시켰다. 그녀는 재기才氣가 번뜩였으며 섬세했고, 이탈리아 인다운 상냥함이 있었다. 그녀의 이야기하는 태도는 아주매력적이었다. 자기 자신을 절제하는 힘은 놀라울 정도였다. 말하자면 백작 부인은 몬테스팡 부인[40]이나 카트린 드 메디시스,[41] 예카테리나 2세[42] 등을 하나로 만든 듯한 여자였다. 또 그녀는 대담한 정치의 천재이며, 놀라운 아름다움을 지닌 '여성 중 으뜸가는' 천재였다. 자기 동생을 시기하고 있던 오빠로부터 미움을 사고, 아버지로부터는 사랑을 받지 못하며, 타인처럼 취급되고 있던 조카의 일을 걱정하거나, 그를 여러 가지 위험으로부터 구해내거나, 총독인 유제느 공의 궁정을 지배하곤 하는 것 외에는 일단 아무것도 할 일이 없었지만, 이러한 아슬아슬한 사건이 그녀의 자연스런 힘을 풍부하게 하고 능력을 연마하게 하여, 처음의 영달榮達과 결혼에 의해 잠재워져 있던 천성天性을 그녀의 마음 속에 불러일으킨 것이다. 결혼생활은 나폴레옹을 헌신적으로 섬기고 있던 남편이 집에 없을 때가 많았기 때문에 행복하지는 않았다. 그녀가 더할 나위 없이 풍부하리만치 정열적이거나, 보물이나 다이아몬드에 비유될 만큼 아름다운 여성의 마음을 지니고 있다고 인정하거나 그러하리라고 추측하지 않는 사람은 없었다.

그녀가 잘 구슬려놓은 늙은 주교회원은 파브리스를 보호하는 일을 피에몬테의 작은 도시인 노바라의 어느 사제에게 위임했다. 이 사제는 경찰의 탐색을, "그는 동생의 신분이어서 장형長兄이 될 수 없음을 숨기고 있는 거요"라는 말로써 중지시켰다. 파브리스가 나폴레옹의 막료幕僚가 된 줄만 알고 있던 지나는 나폴레옹이 세인트 헬레나에 유배된 것을 알았을 때 밀라노 경찰의 블랙 리스트에 올라 있는 파브리스가 영원히 자신의 손아귀에서 벗어났다는 것을 인정했다.

워털루 전쟁이 한창이던 불안정한 시대에, 지나는 모스카 델라 로벨레 백작과 알게 되었다. 그는 파르므의 유명한 대공大公인 라누치오 에르네스토 4세의 대신이었다.

우리는 여기서 멈춰서야 한다.

물론 이 책을 읽었다면, 모스카 백작의 모습이 오스트리아 제국의 커다란 관저로부터 파르므의 작은 공국公國으로 옮겨진 메테르니히 공[43]의 가장 분명한 모습임을 알게 될 것이다. 베일은 "그 사람은 유럽의 가장 부유한 대공들 중 한 사람이다. 모데나 공의 재산은 유명한 것이지만……"하고 에르네스토 4세에 대해 이야기하고 있다. 인신 공격을 피하기 위해 이 작가는 월터 스콧이

《케닐워스》의 계획을 세웠을 때보다도 더 고심을 하고 있다. 실제로 이 두 가지 유사점은 부정할 수 있을 만큼 표면적으로는 막연해 보이지만, 그러나 알고 있는 사람이면 결코 혼동할 수 없을 만큼 내면적으로 진실한 연관성을 지니고 있다. 베일이 파르므 공국의 재상宰相의 위대한 성격을 극구 칭찬하고 있기 때문에 메테르니히 공이 모스카만큼 위대했을까 하고 의심하게 될 정도다.

그렇지만 이 유명한 대정치가가 결코 모스카만 못지 않은 한두 가지의 아주 정열적인 행동을 했다는 것은 그의 생애를 잘 알고 있는 사람들이 인정하고 있는 바다. 모스카의 위대한 비밀이 모두 메테르니히 공에게도 어울리는 것이라고 생각했다고 해서, 그것이 오스트리아의 대신을 비방하는 일이 되지는 않는다. 이 작품 전체에 묘사되어 있는 모스카가 어떤 인물인가 하면—지나가 '이탈리아 최대의 외교관'이라 생각하고 있는 이 인물의 행동이 어떤가 하면—그 한복판에서 강렬한 성격이 펼쳐지는, 잇따라 나타나는 숱한 우발적 사태나 사건이나 음모를 만들어내는 천재가 아니면 안 되었던 것이다. 메테르니히가 그 긴 일생 동안에 엮어낸 모든 일은—독자 여러분도 알고 있는 바와 같이—이미 모스카가 이룬 것만큼 이상한 일은 아닌 것이다. 이 저자가 모든 것을 깊이 생각하여, 마치 궁정의 사건이 뒤엉켰다 풀리곤 하는 것처럼 일사불란하게 풀어헤친 점에 생각이 미친다면, 이것저것 생각하는 일에 익숙해져 있는 불굴의 지성이라 할지라도 이 노작勞作 앞에서 망연자실하게 될 것이다.

나는 이 '멋진 문학의 램프'의 힘을 완전히 믿고 있다. 쇼와즐[44]이나 포촘킨[45]이나 메테르니히에게도 어울리는 힘을 가진 천재 한 명을 무대에 끌어내고, 그를 창조하며, 피조물인 그 자신의 활동에 의해 그 창조를 증명하고, 그 온 능력이 드러나는 고유의 환경 속에서 그를 행동시킨다는 것은 인간의 재간이 아니라 천사나 마법사의 행위처럼 보인다. 월터 스콧이 지혜를 짜내어 복잡하게 만든 계획도——디드로[46]의 유명한 말을 빌리면——이토록 '잎이 무성한' 수많은 사건의 이야기를 지배하고 있는 놀라운 단순성에는 미치지 못한다는 점을 상기하기 바란다.

여기에 모스카의 초상이 있다. 1816년의 일이다. 이 점에 주의하기 바란다.

그는 44,5세쯤 되었을까? 의젓하며 전혀 거만한 데도 없고 소박하며 쾌활한 태도가 그를 인간미가 풍부해 보이는 인물로 만들고 있었다. 욕심을 말하자면, 그가 섬기는 파르므 대공의 어리석은 취향 때문에 마치 좋은 정치적 감정의 표지標識인 양 그에게 억지로 가발을 씌우지 않았더라면, 더 훌륭하게 보였을 것임에 틀림없다.

이처럼 메테르니히가 사용하고 있던 가발은 그렇지 않아도 온화한 그의 모습을 더욱 온화하게 만들고 있었는데, 모스카의 경우 이는 주인공의 의지로써 설명되고 있다. 잇따라 훌륭한 허구를 엮어내면서 베일은 크게 노력하고 있지만, 사상思想은 모데나에게 향해지고 있으며, 파르므에 머무르려 하지 않는다. 메테르니히를 보았거나 알고 있거나 만난 적이 있는 사람이라면 누구나 그가 모스카의 입을 빌려 이야기 하고 있다고—— 그가 자신의 목소리나 태도를 모스카에게 부여했다고—— 생각할 것이다. 이 작품 속에서는 에르네스토 4세가 죽게 되어 있고, 모데나 대공은 현존해 있는데, '밀라노의 자유주의자들이 참혹하다고 한 그 준엄함으로 유명한 이 대공'은 언제나 독자의 염두를 떠나지 않는다. 위의 표현은 이 작가가 파르므의 대공에 대해 언급한 말이다.

풍자적인 의도를 가지고 고안된 이 두 명의 모습은 원래 불쾌감이나 복수심을 느끼게 하는 면을 전혀 갖고 있지 않다. 베일은 자신에게 트리에스테의 영사領事로서의 '인가장認可狀'을 내주지 않은 메테르니히를 찬양하고 있지 않지만——또 모데나 대공은 《로마·나폴리·플로렌스》나 《로마 산책》 등의 자자를 기꺼이 접견해주지 않았지만——그러나 이 두 사람의 모습은 훌륭한 취미와 높은 예절로써 묘사되어 있다.

그런데 이 두 인물을 만들어내는 도중에 의심할 나위도 없이 이러한 일이 일어났다. 찰흙과 끌, 붓과 그림물감, 펜과 고귀한 영감靈感에 몸을 위임한 베일은 이탈리아의 작은 궁정과 한 외교관을 묘사하는 데서 시작하여, 마침내 대공과 재상의 전형을 창조할 수 있었던 것이다. 조소가嘲笑家의 공상에서 생겨난 이 유사점은 작가의 내부에서 예술의 천재가 입을 열기 시작했을 때 거기서 중단되는 것이다.

이러한 가면假面에 일단 암묵적暗默的으로 동의한다면, 독자는 작가에 의해 묘사된 아름다운 이탈리아의 풍경이나 도시, 많은 면에서 동양의 옛 이야기 같은 매력이 있는 이 이야기에서 여러 가지 허구 등을 싱싱한 홍미를 느끼며 받아들일 것이다.

이 긴 탈선이 필요했던 것이다. 앞으로 나아가자.

모스카는 지나의 사랑의 포로가 되었다. 그것은 메테르니히가 레이컴 부인에 대해 그랬던 것처럼, 크고 영원하며 끝이 없는 사랑이었다. 그는 자신의 몸을 위태롭게 하면서도 외교 정보를 그녀에게 누설하고 있다. 파르므의 대신이 왜 밀라노에 있는가? —— 이는 나중에 완전히 설명된다.

이 이탈리아 인과 이탈리아 여자의 유명한 연애를 설명하기 위해, 나는 여러분에게 꽤 잘 알려져 있는 한 가지 사실을 이야기하고자 한다. 1799년에 이탈리아를 떠날 때에 오스트리아 인들은 바스티온에서 외출중인 B……백작 부인을 목격했다. 그녀는 혁명이나 전쟁 따위는 아랑곳하지 않고, 어느 주교회원과 마차를 탄 채 산책을 하고 있었다. 그들은 서로 사랑하고 있었던 것이다. 바스티온은 동문(렌터문)으로부터 시작되는 파리의 샹젤리제와 비슷한 훌륭한 산책로인데, 다른 점은 왼쪽에 일 뒤오모(언제나 기지機智를 잃지 않았던 프랑수아 2세의 이른바 ‘대리석으로 변화한 황금의 산’)가 모습을 드러내고 있고, 오른쪽에는 눈 덮인 알프스와 숭고한 낭떠러지가 보이는 점뿐이었다. 1814년에 다시 돌아온 오스트리아 인들이 처음으로 목격한 것은 같은 마차를 타고 아마도 서로 똑같은 이야기를 하면서 바스티온의 그 장소를 산책하고 있던 백작 부인과 주교회원이었다. 나는 이 도시에서 한 청년과 알게 되었는데, 그는 자신의 연인의 집에서 조금 멀어지면 괴로워하기 시작하는 것이었다. 여자가 연정을 불어넣으면 이탈리아 인은 여자 곁을 떠날 수 없는 것이다.

"이 각료는 풍모가 경쾌하고 태도가 훌륭함에도 불구하고, 프랑스 풍의 마음도 지니지 않고 또한 여러 가지 슬픔을 잊어버릴 줄도 모른다. 그의 베개에 바늘이 꽂혀 있을 때에는 억지로라도 자신의 발랄한 오체五體를 들이대어 그것을 마멸시키지 않고는 못 배기는 인물이었다"라고 베일은 말하고 있다. 백작 부인의 고상한 마음을 이해한 이 큰 인물은 이리하여 중학생처럼 그녀에게 열중하는 것이다. "노년이란 요컨대 그토록 감미롭고 어린애같은 기분이 될 수 없는 것을 말하는 게 아닐까 하는 생각이 든다"라고 이 대신은 혼잣말을 하고 있다. 백작 부인은 어느 날 밤에 모스카의 호의로 충만한 시선을 알아챘다(메테르니히는 신도 기만할 수 있을 듯한 시선을 보내고 있었다).

"파르므에 계실 때에는 오늘 밤처럼 온화한 눈길을 보내시지는 않으리라고 생각해요. 그렇다면 아무도 목매어 죽게 되지는 않으리라는 약간의 희망을 갖게 됩니다."

마지막으로, 3개월이나 괴로워한 끝에 아무래도 이 부인이 자신이 행복해지는 데 필요하다는 것을 알게 되자, 이 외교관은 장래의 일을 염려하여 생각해 낸 세 가지의 다른 계획을 갖고 그녀를 방문한다. 그리고 그 중 가장 현명한 계획을 골라주도록 부탁한다.

모스카 쪽에서 보면 파브리스 따위는 일개 소년에 지나지 않았다. 그래서 백작 부인이 자신의 조카에게 기울이고 있는 극단적인 관심도 그에게는 연애에 열중하게 되기 전까지 여심女心의 아름다움을 즐기게 하는 그 '이상적 모성母性'의 표현이 아닐까 하고 생각했다.

불행히도 모스카는 독신이 아니었다. 그래서 그는 상세베리나 탁시스 공작을 밀라노로 데리고 간다. 이 분석에 있어 약간의 인용을 하도록 허용해 주기 바란다. 이는 여러분에게 베일의 참신하고 자유로우며, 때로는 오류마저 눈에 띄는 문체의 예를 제공할 것이고, 또한 나의 문장을 홍미롭게 읽어주는 데 도움이 되기도 할 것이다.

"공작은 머리가 희끗희끗하고 몸집이 작으며 귀여운 모습의 68세 된 노인으로, 아주 예의바르고 깔끔하며 거대한 재산을 축적한 부호였지만, 별로 기품이 있어 보이지 않는 인물이었다." "게다가 아직 망령을 부리고 있는 것도 아닙니다"라고 대신은 말했다. "파리로부터 의류나 가발을 들여오고 있을 정도니까요. 더구나 미리 계획한 간책奸策을 떠들어대는 그러한 사나이는 더더욱 아닙니다. 단지 명예라는 것은 훈장을 지니고 있는 데 있다고 진지하게 믿으며, 오히려 자신의 재산을 부끄럽게 여기고 있을 정도입니다. 대사大使가 되고 싶어하지요. 그 노인과 결혼해 주세요. 그러면 그는 당신에게 10만 에큐와 막대한 유산과 으리으리한 저택을 넘겨주고, 파르므에서 호사스런 생활을 하도록 해줄 것입니다. 이러한 조건으로 나는 그를 대공의 대사로 임명하겠어요. 그는 대훈장을 받고, 결혼한 다음날에 출발하는 겁니다. 당신은 상세베리나 공작 부인이 되고, 우리는 행복하게 지냅시다. 공작은 모든 일에 동의하고 있으므로, 잘 되면 세계에서 제일 행복한 사나이가 될 겁니다. 물론 그는 결코 파르므로 되돌아오지는 않습니다. 만일 당신이 그러한 생활을 하기 싫다고 하신다면, 내가 40만 프랑을 갖고 있으니까 사직을 하고 나폴리로 가서 지냅시다."

"하지만 그러한 일이 굉장히 부도덕한 일이라고 생각하지 않으세요?" 하고 백작 부인은 대답했다.

"모든 궁정에서 이루어지고 있는 일들보다 더 부도덕하지는 않습니다"라고 대신은 대답했다. "절대권이라는 것은 모든 것을 정당화하는 데 편리한 것입니다. 해마다 우리는 93년의 전야와 같은 느낌을 갖고 있어요. 그러한 두려움을 약간이나마 완화할 수 있는 일이면 어떠한 일이든 매우 도덕적으로 보이는 겁니다. 이 점에 대해서는 제가 환영회 때에 하는 연설을 들어주세요. 대공은 재가裁可를 하셨습니다. 당신은 공작을 오빠로 여기게 되고, 공작은 자신을 구해준 그러한 결혼의 기쁨에 굳이 잠기려 하지 않을 것입니다. 글쎄 공작은 그 위대한 '페란테 파트라' 라는 공화주의자이자 거의 천재라 할 수 있는 시인에게 25나폴레옹(금화)을 빌려주었다는 이유로 자신을 죄인처럼 생각하고 있거든요. 우리는 그 사나이에게 사형 선고를 했지만, 다행히도 궐석 재판으로 끝났습니다."

지나는 승낙했다. 그리하여 상세베리나 공작 부인은 그 아름다움과 그 기품 있고 온화한 재기才氣로써 파르므의 궁정을 감동시키게 되는 것이다. 그 저택은 파르므에서 가장 기분 좋은 집이 되었고, 그녀는 주인이 되었으며, 이는 또한 작은 궁정의 자랑이 되었다. 대공 에르네스토 4세의 초상, 공작 부인의 파티, 대공 일족의 여러 인물을 둘러싸고 그녀가 처음으로 등장하는 일 등의 모든 세부사항은 놀라운 재간과 깊이와 간결성으로써 묘사되어 있다. 대공이나 대신이나 정신廷臣이나 여성들의 마음이 이토록 교묘히 묘사된 적은 한 번도 없었다. 여러분은 거기서 빼어난 장면을 읽게 될 것이다.

공작 부인의 조카가 오스트리아 인들의 추적을 피하여 고해신부와 사제의 보호를 받으며 코모 호에서 노바라로 옮겨갔을 때, 그는 파르므 공국의 장군인 파비오 콘티를 만났다. 장군은 이 궁정과 이 책 속의 가장 재미있는 인물들 중 한 사람으로, "내가 거느리고 있는 병사들은 제복에 7개 내지 9개의 단추를 달고 있어야 한다"는 따위의 일에만 관심을 갖고 있었다. 그런데 이 우스꽝스러운 장군에게는 클레리아 콘티라는 멋진 딸이 있었다. 파브리스와 클레리아는 헌병들의 눈을 피해 한두마디를 주고받았다. 클레리아는 파르므에서 가장 아름다운 아가씨였다. 대공은 상세베리나 공작 부인이 자신의 궁정에서 불러일으킨 인상을 목격하고, 즉시 클레리아를 등장시킴으로써 부인과 아름다움을 겨루게 하려고 생각했다. 그러나 곤란했던 것은 궁정에서는 처녀를 받아들일 수 없었으므로 그녀를 수녀로 삼기라도 해야 했던 것이다.

대공에게는 이미 연인이 있었다. 그에게는 루이 14세를 덮어놓고 흉내내려고 하는 결점이 있었다. 그래서 라발리엘 공작 부인[47] 대신 바르비 백작 부인을 택한 것이다. 이 바르비 부인은 모든 사건에 관여하고 있었으며, 어떠한 납입품의 매매 계약이든 소홀히 다루지 않았다. 만일 바르비 부인이 좀더 탐욕스럽지 않았다면 에르네스토 4세는 절망했을 것이다. 왜냐하면 이 연인이 파렴치하게 끌어모든 재산이야말로 대공의 권력의 상징이었기 때문이다. 그러면서도 백작 부인이 인색했던 것은 대공을 위해 무척 다행스런 일이었다.

"저분은 마치 나에게 50프랑의 팁이라도 기대하고 있는 것처럼 대접해 주셨어요" 하고 공작 부인은 모스카에게 말했다.

그러나 라누치오 에르네스토 4세의 가장 큰 고민거리는 백작 부인이 재기에 있어서는 공작 부인과 비교가 안 된다는 점이었다. 대공은 이 때문에 모욕감을 느꼈으며, 그것이 초조감을 느끼게 하는 주요한 원인이었다. 그의 연인은 30세였고, 그녀는 이탈리아적인 귀염성을 지닌 전형적인 여성이었다.

"그녀는 지금도 예전과 같은 더할 나위 없이 맑고 아름다운 눈동자와 단아하고 예쁜 손을 갖고 있지만, 피부에 잔주름이 많이 생겨나 마치 애늙은이처럼 보인다. 부인은 대공이 무슨 말을 걸어오든 미소를 지어 보이며, 그 장난스런 미소에 의해 무엇이든 자신은 이해하고 있는 것처럼 보이려 했다. 모스카 백작은 얼굴에 저렇듯 주름이 많은 것은 언제나 마음 속으로 하품을 하고 있기 때문이라고 말하고 있었다."

공작 부인은 클레리아와 친구가 됨으로써 대공이 들고나온 첫 공격을 피할 수 있었다. 다행히 클레리아는 순진한 아가씨였다. 정치적인 고려 때문에, 대공은 파르므에 이른바 자유주의 정당이 존재하도록 허용하고 있었다. 하지만 자유주의자가 어떤 자인지 신神은 알고 있다. 자유주의자란 단테[48]나 마키아벨리, 페트라르카,[49] 레오 10세[50] 등과 같은 이탈리아의 큰 인물들을 몬티[51] 따위와 동일시하는 인간을 말한다. 이는 그들 이상의 큰 인물을 갖고 있지 않은 정부에게는 풍자거리일 뿐이었다. 이 자유당의 수령은 라베르시 후작 부인인데, 그녀는 모든 '반대파'와 마찬가지로 꽤 못생기고 간사스러우며 짓궂은 여자였다. 파비오 콘티 장군은 이 당에 속해 있었으며, 반역자들을 교수형에 처한 대공은 어떤 이유 때문에 자유주의자들의 정당을 그대로 내버려두었다.

에르네스토 4세에게는 라시라는 징세 장관과 대법관인 로바르데몽[52]이 있었다. 태어나면서부터 재기 발랄한 라시는 가장 두려우리만큼 희극적이라고 할까, 희극적이리만큼 두렵다고나 할까, 아무튼 그러한 인물들 중 하나라고 우리는 상상할 수 있을 뿐이다. 그는 웃으면서 교수형을 집행하거나 재판을 즐기고 있다. 그는 대공에게 꼭 필요한 인물이다. 라시는 후세[53]나 푸키에 탄빌,[54] 메를랑,[55] 토리벨레,[56] 스카팽[57] 등의 혼합물이다. 대공을 폭군이라고 말하는 사람이 있으면 그건 음모라고 말하며 그가 교수형에 처하는 것이다. 그는 이미 2명의 자유주의자를 교수형에 처했다. 이탈리아에도 잘 알려진 이 사형 집행 이후로 싸움터에서 용감하게 군대를 지휘한 적도 있는 그 총명한 대공은 두려움에 사로잡혔다. 라시는 어딘가 무시무시한 데가 있는 인물이 되고 거인처럼 보이게 되었지만, 여전히 기괴했다. 그는 바로 이 작은 공국 자체가 된 것이다.

바로 여기에 궁정에서는 좀처럼 찾아볼 수 없는 공작 부인의 승리가 있었다. 이 작은 수도의 집안에 갇힌 한 쌍의 독수리인 백작과 공작 부인은 이윽고 대공의 마음을 어수선하게 만들기 시작한다. 우선 공작 부인이 마음으로부터 백작을 사랑하게 되고, 백작도 나날이 더욱 강하게 부인에게 연정을 느끼게 된다. 그리하여 이 짓궂은 행복이 대공에게 불쾌감을 느끼게 하는 것이다.

모스카의 재능은 파르므의 내각內閣에게 불가결한 것이었다. 라누치오 에르네스토와 그 대신은 가슴 아래쪽이 붙어 있는 일란성 쌍생아처럼 서로 결부되어 있었다. 실제로 그들은 둘이서 이탈리아의 북부에 유일한 국가를 만들려는 실현이 불가능한(베일의 웅변의 경고) 계획을 생각하고 있었던 것이다. 대공은 이 입헌 왕국의 군주가 되기 위해 절대주의의 가면을 쓰고 음모를 꾸미고 있다. 그는 루이 18세를 덮어놓고 모방하여 북부 이탈리아에 헌장憲章과 양원兩院을 부여하려고 필사적으로 열망하고 있다. 그는 자신이 대정치가라고 생각했으며, 야심을 품고 있다. 그는 모스카가 모든 것을 다 알고 있는 이 계획에 의해 자신의 쓸모 없는 지위를 높이려 하고 있다. 그는 이 때문에 자신의 재물마저 사용했다.

모스카가 필요해지면 필요해질수록, 그가 자신의 대신의 재능을 인정하면 인정할수록, 대공의 가슴 속에는 남 모르는 질투의 감정이 피어오르는 것이다. 궁정에 있으면 싫증을 느끼기 때문에 사람들은 상세베리나의 저택에서 즐기고 있다. 자신의 권력을 자신에게 증명해 보이려면 대체 어떻게 하면 좋을까? 그러려면 자신의 재상宰相을 괴롭혀야 한다. 대공은 우선 장난스레 공작 부인을 자신의 연인으로 삼으려 해보았지만, 그녀는 거절했다. 이 짧은 요약 속에서도 그것이 대공의 자존심을 얼마나 손상시켰는지 쉽게 간파할 수 있다. 이윽고 대공은 공작 부인이 사랑하고 있는 재상을 놀려주려고 생각하고, 이어 그녀를 괴롭힐 방법을 찾아낸다.

소설의 이 부분은 모두 문학적으로 아주 탄탄하게 묘사되어 있다. 이 회화繪畫는 50자〔尺〕의 길이와 30자의 높이를 가진 캔버스와도 같은 장대한 것이다. 그리고 동시에 이것은 네덜란드 풍의 섬세함으로 묘사되어 있다. 우리는 이전에 생각되었던 드라마 중 인간의 마음에 가장 깊이 뿌리를 내린, 가장 진실하고 가장 기이하며 사람에게 가장 강하게 육박해 오는 완성된 드라마에 접근하는 것이다. 그러나 이 드라마는 분명히 많은 시대에 존재하고 있었으며, 다시 궁정에서 부활하여 루이 13세[58]와, 리슐리외,[59] 프랑수와 2세[60]와 메테르니히, 루이 16세[61]와 뒤바리 백작 부인[62]과 쇼바즐 등이 이미 연출한 것과 마찬가지로 다시 되풀이되어갈 것이다.

이러한 상태에서도 특히 공작 부인을 기쁘게 한 것은 자신의 영웅이자 말하자면 정신적인 아들인 조카 파브리스를 행복한 신분의 인물로 만들어줄 수 있다는 점이었다. 파브리스의 행운은 모스카의 수완에 힘입는 바가 클 것이다. 그녀가 파브리스의 소년시절에 느꼈던 애정은 그가 청년이 되어서도 변함없었다. 나는 이렇게 예언할 수 있다.── 즉 이 애정은 이윽고 지나가 알아채지 못하는 동안에 의식적인 정열로 변하고, 마침내 극한에까지 이르리라고 말이다. 그렇지만 그녀는 여전히 대외교관의 아내이므로, 이 젊은 우상에 대해서는 약간 마음이 설렐 뿐 그 이상의 부정을 저지르는 일은 없으리라. 그녀는 이 수완 있는 인물을 속이는 짓은 하지 않을 것이며, 그녀는 언제나 그가 행복하게 그리고 유연하고 느긋하게 처신하도록 만들어줄 것이다. 그녀는 그에게 자신의 마음의 희미한 설렘만을 알아채게 하리라. 그는 더할 나위 없이 두려운 질투의 괴로움을 맛볼 테지만, 결코 불평을 할 수는 없으리라. 공작 부인은 깔끔하고 솔직하며, 고상하고 참을성이 있으며, 셰익스피어[63]의 드라마처럼 감동적이고 시詩처럼 아름답다. 그러므로 가장 엄격한 독자조차도 그녀에 대해 무엇 하나 비난할 수가 없다. 그리고 아마도 이전에 어떠한 시인도 베일이 이 대담한 작품 속에서 시도한 것과 마찬가지로 선명하게 자신의 과제를 해결한 사람은 없을 것이다. 공작 부인은 우리로 하여금 예술을 찬양하게 만들고, 이러한 전형典型을 인식하도록 아주 드물게 세상에 내놓는 자연이라는 것을 저주하게 만드는, 그러한 훌륭한 조상彫像들 중 하나다.

지나는 여러분이 이 책을 읽는다면 여러분의 눈 앞에 가장 숭고한 조상처럼 부각되어올 것이다. 그녀는 밀로의 비너스[64]나 메디치의 비너스[65] 같지는 않지만, 비너스의 육체적인 감각이나 라파엘로의 마돈나의 아름다움, 이탈리아 여성의 정염 따위를 간직한 디아나[66]와도 같다. 공작 부인 속에 프랑스 적인 것은 하나도 없다. 이 대리석의 원형을 만들고 깎아내어 완성시킨 프랑스 인은 무엇 하나 자기의 출생지 특유의 것을 새겨두지 않았다. 이 싱싱하고 눈을 사로잡을 것 같은 창조물에 비하면, 코린[67] 조차도 빈약한 소묘素描에 지나지 않는다.

여러분은 지나가 위대하고 재기가 있으며, 정열적이

고 언제나 진실한 마음으로 충만한 여자임을 알게 될 것이다. 그렇지만 저자는 십분 주의해서 감각적인 면을 다루기를 피하고 있다. 설령 공작 부인이나 모스카, 파브리스, 대공, 왕세자 전하, 클레리아 등이, 그리고 이 작품과 등장 인물들이 모두 온갖 격렬함을 가진 정열 그 자체라 할지라도, 또 무슨 일에 있어서나 간책과 허위와 교활함과 끈질김과 고급 정치 등을 뒤얽히게 하여 이것을 이탈리아 자체로 만들고 있을지라도, 《파르므의 수도원》은 월터 스콧의 청교도 소설보다 훨씬 더 순결하다. 모스카를 행복하게 만들고, 무엇 하나 그에게 숨기려 하지 않는 공작 부인의 고귀하고 당당하며 거의 트집 잡을 데가 없는 형상, 그리고 자신의 조카인 파브리스를 열애하고 있는 백모의 형상을 만들어낸 것이다. 이야말로 걸작이라고 말해야 할 것이다. 라신의 페도르는 프랑스 인의 무대에서 최고 배역인데, 장세니슴(Jansenism, 네덜란드 신학자 얀센이 주장한 교리)조차도 굳이 비난하려 하지 않았던 그 페도르조차도 이토록 아름답지도 않으며 완전하지도 않고 또 이토록 발랄하지도 않다.

그런데 공작 부인에게 모든 사람이 미소를 짓고, 부인 또한 폭풍우가 몰아칠 듯한 위험을 언제나 안고 있는 이 궁정 생활을 즐기고 있을 때, 그리고 그녀가 진심으로 백작에게 애착을 느끼고 백작도 더할 나위 없는 행복감에 잠겨 있을 때, 그리고 그에게 칙허勅許가 내려 재상의 인수印綬를 받았을 때, 즉 '이른바 세상의 주권자'에게 더욱 가까이 다가갔을 때, 그녀는 어느 날 그에게 이렇게 말하는 것이다. ──"그럼 파브리스는요?"

그래서 백작은 이 친애하는 조카를 위해 오스트리아로부터 사면을 받도록 해주겠다고 말했다.

"만일 파브리스가 밀라노에서 영국 말을 타고 돌아다니는 청년들보다 약간이나마 뛰어난 데가 있다면, 18살이나 되어서도 아무 일도 하지 않고 장차 무슨 일을 하겠다는 목표도 없이 생활한다면, 대체 어떻게 되겠어요. 만일 신이 어떤 사람이라도, 비록 낚시질을 하는 사람이라도 진정한 정열을 기울일 수 있는 인간으로 만들어놓으셨다면, 나는 그러한 정열을 존경해야 한다고 생각하는데, 사면을 받은 다음에 밀라노에서 대체 무슨 일을 하려는 거죠?" 하고 모스카는 말했다.

그러자 "나는 그 애를 장교로 만들고 싶어요" 하고 공작 부인은 대답했다.

"당신도 원. 그처럼 감정에 따라 움직이기 쉽고, 코모 호반에서 워털루에 있는 나폴레옹의 진영으로 달려가곤 한 그런 청년에게, 중요성을 갖게 될 군인의 직책을 위임하고자 대공에게 권할 수 있겠어요? 적어도 델 동

고는 상인도 될 수 없고, 변호사나 의사도 될 수 없어
요. 당신은 처음에는 반대할지 모르지만, 곧 내 말을 들
어줄 거요. 만일 파브리스가 원한다면 재빨리 파르므의
대주교가 될 수 있을 테지만, 이것은 이탈리아에서 가
장 훌륭한 지위 중의 하나요. 그리고 추기경이 되겠죠.
당신네 집안에서는 파르므의 대주교가 3명이나 나왔어
요.…… 16××년에 책을 펴낸 추기경, 1699년의 파브리
스, 그리고 1740년에 두 번째로 나온 아스카니오 등이
오. 다만 곤란한 것은, 내가 언제까지 대신으로 있을 수
있느냐 하는 것이오.”

　2월 내내 논의를 한 다음, 공작 부인은 모든 면에서
백작의 의견에 굴복하게 되고, 희망이 없는 젊은 밀라
노인의 처지에 절망하면서, 어느 날 자신의 연인을 향
해 이렇게 이탈리아 인다운 말을 입에 올린다.

　“파브리스는 다른 방면으로도 나갈 수 없다는 것을
증명해 줘요.”

　백작은 그것을 증명하고 있다.

　명예에 대해서 민감한 공작 부인은 이 지상에서 자신
이 사랑하는 파브리스를 구제할 방법을 교회—— 와 그
높은 지위—— 에서밖에는 발견할 수가 없었다. 왜냐하
면 이탈리아의 미래는 로마에 있고, 그밖의 어디에도
없기 때문이다. 이탈리아를 알고 있는 사람들에게는 이

나라를 정치적으로 통일하고 그 민족 정신을 재건할 수 있는 사람은 오직 시크스토 5세[68] 뿐이라는 것이 명백한 사실이다. 로마 교황만이 이탈리아를 움직여 다시 부흥시킬 힘을 갖고 있는 것이다. 오스트리아의 궁정이 얼마나 세삼하게 30년 동안 교황의 선거를 감시해 왔는가, 또한 얼마나 우둔한 노인들에게 로마 교황의 그 삼중관三重觀을 부여해 왔는가를 잘 생각해 보라. '멸망해야 한다면 나의 지배 체제보다 오히려 가톨릭 주의를멸망시켜라!' 라는 것이 그들의 표어인 듯하다. 탐욕스런 오스트리아조차도 프랑스 풍의 사상을 가진 교황의 선거를 방해하기 위해 돈을 물쓰듯 쓰리라. 즉 이탈리아의 천재로서 하얀 교황의 옷을 입기 위해 교묘히 본심을 감출 수 있다면, 누구든 강가네리처럼 죽을 수 있었던 것이다. 아마도 여기에 프랑스의 훌륭한 종문宗門의 천재들에 의해 바쳐진 강장제인 에리키실을 받아들이려 하지 않은 로마 궁정의 '거절' 의 비밀이 숨겨져 있으리라. 보르지아[69]는 자신의 헌신적인 추기관樞機官들 속에 그러한 천재를 받아들이는 것을 허용하지 않았다. 대칙서(大勅書, In cana Domini)를 기초起草한 사람은 프랑스 교회의 위대한 사상이나 가톨릭의 민주주의를 이해하고 자신에게 편리하도록 그것을 고쳐 버린 것이다. 그는 이 개혁을 교회 내부에서 진행시키면서, 그것을 의의 있는 것으로 만들어 왕좌를 구한 것이다. 그래서 방황하는 천사인 드 라므네[70]는 그 브르통 인다운 옹고집 때문에, 가톨릭 적이며 사도적인 로마 교회를 저버릴 수 없었으리라.

공작 부인은 백작의 계획을 받아들였다. 이 위대한 부인에게도——마치 대정치가들에게서 흔히 볼 수 있는 ——하나의 계획을 앞에 놓고 결정하지 못하거나 주저하는 순간이 있다. 그러나 그녀는 결코 자신의 결의를 변화시키지 않는다. 공작 부인은 언제나 자신이 원하는 바를 소망하는 이성을 갖고 있었다. 이 집요하고 명령적인 성격의 장점은 이 당당한 드라마의 모든 장면에, 왠지 알 수 없는 어떤 두려움을 더해주고 있다.

파브리스가 미래의 운명에 몸을 바치는 일 이상으로 현명한 방법은 전혀 없다. 백작과 공작 부인은 파브리스에게 그의 진로와 그에 대한 방도를 모두 이야기해준다. 놀라우리만큼 머리가 좋은 파브리스는 이 모든 것을 이해하고 교황의 지위에 오를 것을 생각한다. 백작은 그를 이탈리아에서 흔히 볼 수 있는 보통 사제로 만들려는 것이 아니다. 파브리스는 대귀족이다. 그러므로 그쪽이 좋다고 생각되면 그는 학식이 없어도 되는 것이다. 그런 점이 그가 대주교가 되는 것을 방해하지는 않는다. 파브리스는 빈곤을 두려워하고 있었으므로 카

폐에서 일생을 보내는 생활을 거절했다. 그리고 자신은 군인이 될 수 없음을 알게 되었다. 그가 미국으로 건너가 그곳 시민이 되고 싶다고 말했을 때(1817년의 일이다), 그는 미국의 생활이 우아함도 음악도 연애도 전쟁도 없고, 달러 신神을 숭배하거나 직공이든 무슨 일을 하는 사람이든 투표로 결정하는 대중을 존경하는 사회라는 이야기를 들었다. 파브리스는 천민의 힘이 두려웠다.

그에게 있는 그대로의 생활을 보여준 위대한 외교관의 목소리는 이 청년의 공상을 깨뜨려 버렸다. 너무 열중해서는 안 된다는 탈레랑[71]의 말을 많은 젊은이들이 이해할 수 없었던 것처럼, 그도 이해할 수 없었던 것이다.

“정열적인 사람은 하나의 선언을 듣거나 일시적으로 기분이 달라지는 것만으로도 평생 지지해온 당의 반대되는 당파 쪽으로 달려가기 쉬우니까” 하고 모스카는 그에게 말했다. 대체 무슨 소리일까.

보라색 양말을 신은 주교로서 파르므로 되돌아와야 할 새 신도(백작의 친구인 총명한 대주교에게 보내는 소개장을 들고 나폴리로 공부를 하러 가는 새 신도)에게 안겨준 대신의 교훈은 공작 부인의 살롱에서 웃으면서 한 이야기임에도 참으로 멋있다. 작가가 이 위대한 인물에게 부여한 인물에 대한 지식과 빈틈없는 생각을 살펴보는 데는 다음의 글을 인용하는 것만으로 충분할 것이다.

배울 점은, 믿느냐의 여부를 떠나 결코 반대해서는 안 된다는 점입니다. 위스트의 규칙을 배우고 있다고 생각하면 되겠죠. 당신도 위스트의 규칙에는 반대하지 않을 테니까요. 일단 그 규칙을 알고 행하기 시작하면 당신도 패배하기 싫어질 겁니다. 볼테르나 디드로, 레나르[72] 등과 그밖의 양원 제도의 선구자가 된 프랑스의 경솔한 사람들에 관한 일을 두려운 듯이 이야기하는 그러한 비속한 짓을 해서는 안 됩니다. 그러한 사람들의 이름을 입에 올릴 때에는 차갑고 아이러니컬한 어조로 이야기하세요. 그 사람들의 설說은 이미 오래 전에 깨뜨려지고, 그로부터 93년이나 지났어요. 사랑의 밀회 따위는 능숙하게 하면 아무도 비난하지 않지만, 의문을 품는 일만은 안 됩니다. 나이가 들면 밀회 따위는 그만두게 되지만, 의심만은 커지는 법입니다. 무슨 일이든 믿으세요. 남의 눈에 띄려는 유혹에 넘어가서는 안 되고 가만히 침묵을 지켜야 합니다. 분별력이 있는 사람들은 당신의 재능을 그 눈빛 속에서 읽어주니까요. 주교가 된 후에 재능을 발휘해도 결코 늦지 않습니다.

모스카는 놀라우리만큼 재기발랄하고 탁월한 인물이기 때문에, 실제로 말을 하는 데에도 과오를 범하는 일이 없다. 그것이 이 책을 한 페이지 두 페이지 읽어감에 따라 라 로슈푸코[73]의 잠언箴言처럼 깊이가 있는 작품으로 만들고 있다.

하지만 그 백작과 공작 부인에게 과오를 범하게 하는 정열에는 주의하기 바란다. 그들은 과오를 보상하기 위해 온갖 지혜를 발휘하지 않으면 안 되는 것이다. 백작에게 충고하는 자가 있으면, 그는 에르네스토 4세의 파르므의 궁정에서 일어나기를 기다리고 있는 여러 가지 불행을 설명해 보이는 것이었다. 그러나 정열의 포로가 된 그는 장님이나 마찬가지였다. 단지 그의 재능과 수완만이 여러분에게 이 가슴을 에는 듯한 신랄한 희극을 펼쳐주는 것이다. 그러므로 대정치가도 곡예사에 지나지 않는다. 부주의한 짓을 하면 이내 자신들의 아름다운 건물이 무너져내리는 것을 목격하지 않으면 안 된다. 리슐리외는 음모가 자행된 날, 가까스로 왕대비의 수프에 의해 환란을 모면했다. 왜냐하면 왕대비는 얼굴에 윤기를 돌게 해주는 달걀을 곁들인 우유를 마시지 않고는 생제르맹으로 나가려 하지 않았기 때문이다. 공작 부인과 모스카는 끊임없이 그들의 온 능력을 긴장시키면서 살아가고 있었다. 그들의 생활을 위협하는 장애는 썩 잘 고안되고 교묘히 설명되어 있기 때문에, 그들을 지켜보고 있는 독자는 읽어가면서 몸이 달아 마음이 조마조마해지는 것이다. 마지막으로, 이 작품의 기도企圖 속에 엮어져 들어가 있는 숱한 위기와 이 두려운 광경을 잘 주의해서 보기 바란다. 꽃들은 도입되어 있지 않고 직물織物의 본체가 되어 있는 것이다.

"우리의 사랑은 숨기지 않으면 안 돼요" 하고 공작 부인은 대공과의 싸움이 시작된 것을 이해한 날 백작에게 말했다.

희극에는 희극으로 응답하기 위해, 그녀가 에르네스토 4세에게 자신은 백작에게 약간 마음이 끌리고 있을 뿐이라고 털어놓고 이야기해 보인 날은 대공에게는 행복한 날이었다. 그러나 대공은 교활했기 때문에 조만간 자신이 기만당하고 있었음을 알게 된다. 그래서 실의에 빠진 대공은 악의의 부추김을 받아 파란을 불러일으키게 되는 것이다.

이 위대한 작품은 50세에 이른 사나이가 장년기의 온 능력과 원숙한 재능을 다해 비로소 계획되고 실현된 것이다. 도처에서 완성된 경지를 볼 수 있다. 대공의 역할은 거장의 필치로 묘사되어 있다. 이것이야말로, 앞에서 이미 언급한 것처럼 '바로' 대공 그 자체다. 여러분은 그를 인간으로서, 군주로서 마음으로부터 이해할 수 있을 것이다. 이 인물 같으면 러시아 제국의 원수가 될 수도 있고, 또 지배할 수도 있을 것이며, 위인이 되었을지도 모른다. 하지만 그는 여전히 허영이나 질투나 정열에 사로잡혀 몸부림치고 있다. 17세기의 베르사유에서 태어났다면, 그는 루이 14세[74]가 되었을지도 모른다. 그리고 루이 14세가 푸케[75]에게 복수한 것처럼, 공작 부인에게 복수했을지도 모른다.

비평하는 데 있어서는 주요 인물이나 제이의적第二義的인 인물에 대해서도 전혀 비난의 여지가 없다. 왜냐하면 이들은 모두 그렇게 되어 있지 않으면 안 되는 인물들이기 때문이다. 이것이야말로 생활 그 자체다. 특히 궁중의 생활이다. 하지만 호프만[76]이 시도한 것처럼 희화戲畵로써 묘사되어 있는 게 아니라, 엄숙하면서도 짓궂게 묘사되어 있는 것이다. 즉 이 작품은 여러분에게 루이 13세 쪽의 간악한 자들이 리슐리외를 괴롭히기 위해 꾸민 온갖 음모의 진상이나 사정을 놀라우리만큼 잘 설명해 준다. 이 작품을 흥미진진한 루이 14세의 내각이나 피트[77] 내각, 나폴레옹 내각, 또는 러시아의 내각 등에 적용해 보는 것은 불가능한 일이다. 그러려면 많은 설명이 필요하여 더 많은 흥미가 사라져버리기 때문이다. 그런데 파르므 공국의 경우라면 여러분이 잘 알 수 있을 것이다. 그 경우라면 '이름을 변경시킴으로써(matato momine)' 파르므의 여러분에게 가장 고귀한 궁정의 음모도 이해시킬 것임에 틀림없다. 사정은 교황 보르지아 밑에서나, 티베르[78]나 필리프 2세[79]의 궁정에서도 변함이 없었다. 아마 베이징의 궁정에서도 그랬을 것임에 틀림없다.

사람을 매혹시키는 방법으로 완만히 논리적으로 만들어진 이 이탈리아의 무서운 드라마 속으로 들어가 보자. 나는 궁정 내의 여러 가지 세부사항이라든가, 대공에게는 그의 퐁파두르 부인[80]이 있기 때문에 자신을 불행하다고 생각하고 있는 대공비, 골방 속에 처박혀 있는 세자공 전하, 이조타 공주, 시종, 내무 대신, 성채 사령관 파비오 콘티 등의 독자적인 인물들에 대해서는 언급하지 않으려 한다. 하지만 무엇 하나 가볍게 넘길 수 없다. 만일 공작 부인이나 파브리스나 모스카처럼 여러분이 파르므의 궁정을 받아들인다면, 여러분은 위스트를 즐기지 않으면 안 된다. 여러분의 흥미는 이에 달려 있는 것이다.

재상은 패배했다고 생각되었을 때 아주 진지한 표정을 지으며 말했다. —— "손님들이 돌아가면 오늘 밤에 당신을 지킬 방법을 상의합시다. 가장 좋은 방법은 손님들이 춤을 추고 있을 동안에, 포 부근의 사카에 있는 당신의 영지領地로 출발하는 것입니다. 거기서는 20분만에 오스트리아로 도피할 수 있으니까요."

실제로 공작 부인이나 대신이나 파르므의 신하들은 모두 성채에서 일생을 끝내지 않으면 안 되게 될지도 모르는 일이었다.

대공이 공작 부인에게 넌지시 사랑을 고백했을 때, 그리고 그녀가 "어떤 얼굴을 해야 우리는 그 훌륭한 마음씨와 지혜를 갖고 계시는 모스카 백작을 만날 수 있을까요?" 하고 질문했을 때, "그러나" 하고 대공은 말했다. "그건 이미 나도 생각하고 있던 일이오. 두 번 다시 얼굴을 마주치지 않으면 되는 거요. 저기에 성채가 있지 않소."

상세베리나 공작 부인은 재빨리 대공의 말을 모스카에게 전했다. 모스카는 그 말을 잊지 않았다.

4년이 지났다.

대신은 4년 동안 파브리스가 파르므로 돌아오는 것을 허용하지 않았지만, 로마 교황이 그를 주교로 임명했을 때 귀환하도록 허락했다. 그도 보라색 양말을 신을 수 있는 높은 지위에 오른 것이다. 파브리스는 정치가인 교사敎師의 기대에 훌륭히 부응한 셈이다. 나폴리에서는 몇 명의 연인이 있었고, 고대 문물 연구에도 열중했다. 발굴을 계속하기 위해 자신의 말〔馬〕도 팔아 버렸다. 꽤 현명하게 처신하고 있었던 것이다. 그는 남이 시기할 듯한 일은 하지 않았다. 얼마 후에는 교황이 될 수도 있을 것이기 때문이다. 파르므로 돌아가는 것을 그가 무척 기뻐한 것은, 매력적인 다×××공작 부인의 깊은 애정으로부터 해방되기 때문이기도 했다. 그를 교양 있는 인간으로 만들어준 그의 학감學監은 훈장과 연금을 받았다. 파브리스가 파르므의 궁정에 처음으로 등장할 때, 그의 도착과 궁정에서 펼쳐진 여러 가지 일들의 상황은 풍속이나 성격, 음모 등 더할 나위 없이 멋진 희극을 연출해 내고 있는데, 이것은 작품을 읽으며 음미해 주기 바란다. 빼어난 지성을 가진 사람들은 이 책을 테이블 위에 펼쳐두고, "아, 정말 멋진 책이야! 정말 교묘히 씌어져 있어! 정말 깊이가 있는 책이야!" 하고 몇 번이고 중얼거리지 않을 수 없으리라. 그들은——이를테면 대공이 자기 자신의 행복에 관해 이것저것 생각하는 것처럼——이렇게 생각해 보는 것이다.

"왕좌 위나 그 옆에서 태어난 사람은——설사 현명하더라도——눈 깜짝할 사이에 민감한 분별력을 잃어버리는 법이다. 그들은 자신들의 주위에서 거칠다고 여겨지는 말을 자유로이 이야기하는 것을 금지한다. 그들은 가면假面 밖에는 보려고 하지 않는다. 그리고 남의 안색만을 살피려 하고 있다. 자신들에게는 기지가 있다고 자만하는 것을 큰 즐거움으로 여기고 있는 것이다."

여기서 파브리스에 대한 공작 부인의 소박한 정열과 모스카의 고뇌가 일기 시작한다. 파브리스는 아무리 갈고 닦아도 무엇 하나 잃을 게 없는 다이아몬드다. 지나가 그를 나폴리로 보냈을 무렵에는 앞뒤 생각 없이 무턱대고 행동하는 난폭한 인간이어서, 그 무렵에 언제나 갖고 다니던 말 채찍이 그의 인품에 꼭 어울리는 것처럼 여겨졌다. 그런데 지금은 타인 앞에서는 겸허하고 기품이 있는 태도를 취하고, 단둘이 있을 때는 마치 타오르기 시작한 청춘의 불꽃에 싸여 있는 것처럼 생각되었다.

"조카님은" 하고 모스카가 연인에게 말했다. "어떤 고관의 자리라도 잘 맡아 해낼 수 있는 인물이 되었습니다."

하지만 이 대외교관은 처음에 파브리스에게만 시선을 보내다가, 문득 공작 부인을 바라보고 거기서 색다른 눈빛을 발견했다.

'나는 이미 50살이야' 하고 그는 생각했다.

공작 부인은 행복감에 푹 젖어 있었으므로 백작의 존재를 완전히 잊고 있었다. 단 하나의 눈길이 모스카의 마음에 안겨준 깊은 효과는 지울 수 없는 것이었다.

라누치오 에르네스토 4세는 이 백모가 육친의 감정보다 얼마간 더 깊이 조카를 사랑하고 있는데 그것은 관습상 허용되지 않았다. 파르므에서는 그러한 행위가 불륜으로 여겨진다라는 생각이 문득 떠올랐을 때 더할 나위 없이 기뻐했다. 그는 자신의 대신에게 이 일에 관한 익명의 편지를 적어보냈다. 그는 모스카가 그 편지를 읽었을 것이라고 확신하자, 모스카가 공작 부인의 집에 들를 시간적 여유를 주지 않고 궁정으로 불러들였다. 그는 모스카에게 대공다운 우정어린 애교를 떨면서도, 대화하는 동안에 모스카에게 견딜 수 없는 괴로움을 맛보게 한다. 훌륭한 마음에 깊은 상처를 입히는 사랑의 슬픔이라는 것은 언제나 사람의 마음을 사로잡는 법이다. 하지만 이것은 이탈리아인의 마음이며, 이것이야말로 바로 천재의 마음이다. 나는 모스카가 미친 듯이 질투를 하는 대목만큼 사람의 가슴에 절실하게 와닿는 문장을 읽어본 적이 없다.

파브리스는 백모를 사랑하고 있는 것이 아니다. 백모로서 열애를 하고 있을 뿐이다. 여자로서의 그녀는 그에 대한 아무런 욕망도 가지고 있지 않다. 그러나 두 사람 사이에서는 말 하나, 몸짓 하나가 청춘의 불꽃을 타오르게 하는 것이었다. 아주 사소한 일에서도 백모는 자제심을 잃을 지경이 되었다. 왜냐하면 그녀에게는 재산도 명예도 그 밖에 아무것도 없었기 때문이다. 그녀는 온 밀라노 사람들 가운데서 1,500프랑의 연금만 있으면 어느 초라한 3층 방에서라도 한적하게 지낼수도 있기 때문이다.

미래의 대주교는 심연으로 빠져들 것 같은 위험을 알

아챘다. 대공은 행복감을 느끼고 있었다. 자신의 친애하는 대신의 개인적인 생활의 즐거움 속에서 파멸적인 재앙이 일어나기를 기다리고 있었으니까. 모스카, 그 위대한 모스카가 어린애처럼 울부짖는다. 모스카를 이해하고 백모를 잘 알고 있는 파브리스는 용의주도하게 모든 불행을 막아내는 것이다. 우리 주교는 '마리에터'라 불리는 최하급의 여배우와 연애를 한다. 이 여배우에게는 지레티라는 이름의 어릿광대가 딸려 있는데, 이 사나이는 원래 나폴레옹의 용기병龍騎兵으로 있었으며, 칼싸움에 능숙한 자로서 마음도 육체도 추악한 인간이다. 그는 마리에터에게 빌붙어서 그녀를 마구 구타하거나, 그녀가 벌어온 돈을 모조리 빼앗아가곤 한다.

모스카는 기운을 회복한다. 그러자 대공은 불안해진다. 사냥감이 그의 손아귀에서 달아났기 때문이다. 그는 상세베리나 공작 부인의 마음을 그녀의 조카의 힘을 빌려 붙잡으려 했다. 하지만 이 조카는 얼마나 교활한 자인가! 마리에터가 출현했음에도 불구하고 공작 부인의 정열은 아주 순진하고 외곬이어서 부인에게 접근하는 것은 매우 위험했으므로, 파브리스는 모든 것을 잘 해결하기 위해 자신과 마찬가지로 고대에 대해 관심이 많고 몇 번이나 발굴을 한 적이 있는 백작에게 작업을 지시하기 위해 시골로 내려가고 싶다고 말했다.

대신은 파브리스의 태도에 감탄한다. 마리에터와 그 일행과 마므아처의 이야기가 나오고, 이 여자의 모습은 풍속에 관해 놀라우리만큼 깊은 이해와 진실성으로 4페이지에 걸쳐 묘사되어 있는데, 그녀와 지레티, 즉 극단은 파르므를 떠났다. 그런데 지레티와 마므아처와 마리에터 3인조는 파브리스가 마침 총을 쏘고 있는 현장을 지나간다. 이탈리아 인다운 질투심의 발작으로 눈이 어두워져 이 파계승을 죽여야겠다고 생각하고 있는 용기병과, 길 한복판에 마리에터가 서 있는 걸 발견하고 깜짝 놀라는 파브리스와의 뜻하지 않은 해후다.

이 갑작스런 결투는 엄숙한 결과를 낳는다. 파브리스는 애꾸눈인 지레티가 자신에게 위해를 가하려는 것을 보고 그를 죽여 버린다. 지레티 쪽에서 먼저 위해를 가하려 한 것을 발굴을 하고 있던 노동자들이 다 보고 있었지만, 파브리스는 라베르시나 자유주의자들이 이 우스꽝스런 사건을 그 자신이나 대신이나 그의 백모 등에 반대하는 데 이용하리라는 것을 모두 알아차렸다. 그래서 그는 포를 거쳐 도망쳤다.

상세베리나 가家의 옛 하인이며 무엇이든 잘 해내는 로도비코라는 사나이의 도움으로, 그는 은신처를 찾아 볼로냐로 간다. 거기서 그는 마리에터를 만났다. 로도비토는 광신적으로 파브리스의 일에 열중했다. 이 옛 마부는 가장 완전한 제이의적第二義的인 인물이다. 파브리스의 도망이나 포의 풍경, 이 젊은 주교가 통과하는 유명한 지방의 묘사, 파르므에서 추방되어 있을 동안의 여러 가지 모험, 실로 훌륭히 묘사되어 있는 대주교와의 통신, 그리고 사소한 세부사항에 이르기까지 모든 것이 천재다운 각인刻印이 찍혀져 문학적으로 완성되어 있다. 그리고 하나에서 열까지 모든 것이 이탈리아 적이다. 그래서 이러한 드라마와 이러한 시를 동일한 장소에서 음미해 보기 위해 마차를 타고 온 이탈리아를 달려보고 싶어진다. 독자는 파브리스가 된 듯한 느낌이 드는 것이다.

이렇게 도망하는 동안에 파브리스는 자신이 태어난 고향의 여러 곳과 코모 호, 아버지의 성채 등을 방문했다. 당시 오스트리아에서는 그를 매우 엄중하게 추궁하여 그의 지위는 위험했다. 1821년의 일이다. 그 시대에는 여행 허가증 따위를 소홀히 다루는 사람이 없었다. 파브리스 델 동고 때문에 대주교는 스필벨에 갈 수 있었다. 이 부분에서 저자는 매우 아름다운 인물상을 성공적으로 묘사하고 있는데, 이는 곧 브라네스의 상像이다.

소박한 사제로서 파브리스를 열렬히 따르며 점성술을 연구하고 있는 이 초상은 아주 엄숙하게 묘사되어 있으며, 점성술에 관한 강렬한 신앙이 토로되어 있기 때문에, 신앙심이 희박한 사람의 입술에 떠오르는 비웃음마저 지워 버리는 것이다. 이 경우는 사람들이 다시 되돌아가리라고 여겨지는 과학(보통 믿고 있는 것처럼 허위의 토대 위에 구축되어 있지 않은 과학)을 대상으로 선택할 수 있을 뿐이다. 나는 작가의 생각이 어떤 것인지 알 수 없지만, 그러나 작가는 브라네스를 '과연'하고 수긍할 수 있도록 묘사하고 있다. 브라네스는 이탈리아 인에게는 진실한 인간인 것이다. 여기에는 진실이 있다. 마치 디치안[81]이 묘사한 인물이 베네치아 인의 초상인지 아니면 공상인지를 분간할 수 있는 것처럼 말이다.

대공은 파브리스에 대한 소송을 예심豫審에 돌렸다. 이 소송에서 라시의 재간이 발휘된다. 검사는 유리한 증인들을 몰아내고 불리한 증인들을 매수했다. 그리고 그는 뻔뻔스럽게도──얼마나 우스운 얘기인가──지레티가 델 동고 후작에 의해 죽음을 당했으며, 더욱이 위해를 가하려고 먼저 손을 쓴 사람은 델 동고라고 말했다. 그래서 성채 속에서의 20년 금고형에 처한다는 판결이 내려졌다. 대공은 가혹한 판결이 내려지기를 바라고 있었다. 왜냐하면 사면을 청원하게 함으로써 상세베리나 공작 부인을 모욕하려는 속셈이었으니까.

"그렇지만 나는 더 좋은 일을 했습니다. 그 사나이의 덜미를 잡아 꼼짝 못하게 만들었으니까요. 그 사나이의 경력은 영원히 소멸되어버렸습니다. 로마의 궁정은 살인자를 위해서는 결코 아무 일도 해주지 않습니다"라고 라시는 말한다.

대공은 마침내 상세베리나 공작 부인을 거칠게 움켜쥔 셈이다. 아! 이것은 공작 부인이 더욱 아름다워지고, 파르므의 궁정이 동요하며, 드라마가 폭발하여 거인적인 모습으로 확대되는 순간이다. 현대 문학의 가장 아름다운 장면들 중 하나는 분명히 상세베리나 공작 부인이 대공에게 작별 인사를 하러 와서 '최후 통첩'을 들이대는 대목이다. 《케닐워스》 속의 엘리자베스와 아미, 레이세스터 등의 장면도 이토록 위대하지 않고, 이토록 극적이거나 두렵지 않다. 호랑이가 굴 속에서 도전해 온 것이다. 뱀은 붙잡혔다. 그는 헛되이 몸부림치며 용서해주기를 간청하지만 여자는 그것을 짓밟아 버린다. 지나는 억지로 떼를 써서 소송수속을 취소한다는 대공의 칙서를 손에 넣는다. 그녀는 대공의 자비를 바라고 있지는 않았지만, 대공은 이 부정한 소송 사건이 뒷일에 어떤 영향도 미치게 해서는 안 된다고 못을 박는다. 절대 군주에게는 있을 수 없는 어리석은 짓이다. 이 어리석은 짓을 그녀는 요구하고 손에 넣었다. 모스카가 이 장면에서 매우 훌륭히 묘사되어 있다. 여기서 두 사람의 연정은 단 하나의 몸짓이나 단 한 마디의 말, 단

하나의 눈길에 따라 번갈아가면서 어떤 때는 위험으로부터 구출되었다고 생각하고, 어떤 때는 끝장이 났다고 생각하고 있다.

어떠한 일을 하든 간에 예술가는 강한 자존심과 예술애와 인간 속의 지울 수 없는 양심을 지니고 있다. 이러한 양심은 부패시킬 수도 없고 결코 매수할 수도 없다. 극장측이나 작가가 아무리 엉터리로 하기를 바라더라도, 배우는 결코 서툴게 연극을 하는 일은 없을 것이다. 사체 속에 비소砒素가 있는지 없는지 알아보기 위해 불려온 화학자는──만일 있으면──그것을 찾아내리라. 작가나 화가는 설령 단두대 앞에 서 있을지라도 자신의 재능에 대해서는 언제나 확신을 갖고 있으리라. 이러한 일은 여자에게는 있을 수 없다.

여자에게 있어 세계는 정열의 단계에 지나지 않는다. 그리고 바로 이러한 면에서는 여자가 남자보다 훨씬 위대하고 훨씬 아름답다. ‘여자’는 ‘정열’이며, ‘남자’는 ‘행동’이다. 만일 그렇지 않았다면 남자는 여자를 숭배하지 않을 것이다. 그래서 정열이라는 것이 가장 큰 원동력이 되어 있는 궁정의 사교계에서는 여자가 가장 싱싱한 빛을 발하는 것이다.

그 중 가장 아름다운 무대는 절대 권력의 세계다. 바로 이 때문에 프랑스에는 이미 진정한 여자들이 존재하지 않는다. 그런데 모스카 백작은 대신으로서의 자존심 때문에 공작 부인에게 내려진 여러 가지 사항을 인멸시켜 버렸다. 대공은 자신의 대신이 상세베리나보다 자신을 더 소중히 여긴다고 생각하여——독자들도 알고 있는 것처럼——그를 흘긋 바라본다. 하지만 모스카는 국가의 중신重臣으로서 이처럼 어리석은 결정에 부서副署를 하고 싶지 않았던 것이다. 그뿐이다. 대공이 과오를 범한 것이다. 그는 자신의 성공에 도취되어 파브리스를 구해낼 수 있었다고 기뻐했다. 공작 부인은 모스카를 완전히 믿고 있었으므로, 칙서를 다시 읽어보려 하지 않았다. 사람들은 그녀가 파르므를 떠날 준비를 끝내고 있었기 때문에 실각한 줄 알고 있었다. 그러한 그녀가 궁정의 공기를 일변시키고 물러난 것이다. 사람들은 그녀가 총애를 잃은 것이라 믿고 있었다. 파브리스에 대한 유죄 판결은 공작 부인과 재상에 대한 대공의 공격이라고 생각되었다. 그런데 전혀 반대로 라베르시가 추방되었다. 대공은 교활하게 미소짓고 있었다. 그는 복수를 꾀하고 있었던 것이다.——대공을 모욕한 이 여자를 그는 실컷 괴롭힌 다음, 고민하다가 죽게 만들려는 것이다.

라베르시 후작 부인은——실권을 쥐고 있다가 궁정에서 추방된 사람들이 모두 그러는 것처럼——오비디우스[82]의 '비애'를 되풀이하려고 하지는 않았다. 그녀는 일에 착수한 것이다. 그녀는 대공의 심중을 간파했다. 그리고 대공의 계획을 알고 있던 라시로부터 비밀을 탐색해 냈다. 후작 부인은 공작 부인의 편지를 몇 통 손에 넣었다. 그녀는 자신의 연인을 제노바의 징역수에게 사자使者로 보낸다. 공작 부인이 파브리스에게 보낸 편지를 위조시키기 위해서다. 그 편지 속에는 공작 부인이 파브리스에게 자신의 성공을 알리고 또한 그녀가 언제나 여름이 되면 가 있곤 하는 그 아름다운 포 근처에 있는 사카의 성채에서 만나자고 씌어 있었다.

가엾게도 파브리스는 그곳으로 달려가 붙잡히고 수갑이 채워져 성채 속에 투옥된다. 그리고 투옥되어 있는 동안에 그는 사령관인 파비오 콘티의 딸인 예쁘고 고상한 클레리아를 알게 된다. 그는 클레리아에게 받아들여질 것 같지도 않은 영원한 사랑을 느끼는 것이다.

열애하고, 온갖 명예 이상으로 소중히 여기고 있던 조카 파브리스 델 동고가 투옥되었다! …… 공작 부인의 마음 속을 헤아려보기 바란다. 그녀는 모스카의 과오를 알게 되었으므로 모스카를 만나려고도 하지 않는다. 이 세상에서는 파브리스의 일밖에 생각할 수 없었다. 저 무서운 성채 속에 유폐되어 있고 또 독약을 먹여 죽일지도 모른다.

이것이 대공의 방식이다. 2주일 동안의 '절망' 과 2주일 동안의 '희망'! 대공은 그 다루기 곤란한 여자를, 그 오만스러운 마음을, 그 상세베리나 공작 부인을 길들이려 하고 있는 것이다. 물론 그 성공과 행복은 대공의 궁정을 장식하는 데 없어서는 안 되는 것이긴 하지만, 그녀는 마음으로부터 그를 경멸하고 있다. 이러한 장난 때문에 상세베리나는 수척해지고, 나이가 들어 추악해질 것임에 틀림없다. 대공은 그녀를 밀가루 반죽처럼 뭉개 버릴 것이다.

공작 부인이 우선 마음 속에 비수라도 꽂히듯이 반죽음을 당한 이 결투는, 그리고 그녀가 1년 내내 날마다 새로운 상처를 입으리라고 여겨지는 이 결투는 현대 소설의 천재가 그려낸 작품들 중 가장 강렬한 것이다.

이 왕관의 다이아몬드의 하나인 이 장章에 관한 분석을 이해하기 쉽도록 하기 위해, 감옥에서의 파브리스를 주의하며 살펴보자.

루이스[83]의 《수도사修道士》 속의 도적들의 삽화나 그의 걸작인 《아나콘다》, 안나 래드클리프[84]의 마지막 장면의 재미, 쿠퍼의 야만인 소설의 대단원에서의 흥미 등의 빼어난 면을 갖고 있는 소설들——내가 알고 있는 여행과 죄수에 관한 색다른 소설들——중에는 광장에서 100미터 이상이나 떨어져 있는 파르므의 성채 속에서의 파브리스의 유폐 생활과 비교될 수 있는 것이 하나도 없다. 이 무서운 주거住居는 '보이뤼즈'[85]와도 같은 것이었다. 그는 여기서 클레리아를 사랑했으므로 성채에 있으면서도 행복감을 느끼고 있었던 것이다. 그는 여기서 죄수다운 재능을 발휘했다. 그래서 세상 사람들이 좀더 마음을 흥분시키는 곳으로 가도록 권해도 한사코 이 감옥을 택하리라.

라마르틴의 엘비르의 눈에는 나폴리의 해변만이 아름답게 비치고 있지만, 클레리아의 눈이나 그 방울을 굴리는 듯한 목소리 속에는 온 세계가 있다. 작가는 셰익스피어의 웅변으로 서술되어가는 이야기와도 비교할 수 있는 여러 가지의 작은 사건을 포착하여, 이 아름다운 두 남녀의 사랑이 앞으로 다가올 독살의 위기의 한복판에서 성장해 가는 모습을 자유분방하게 묘사하고 있다. 상상력이 있는 사람이거나 혹은 적어도 분별력이 있는 사람이라면 숨을 죽이고 목을 길게 늘어뜨린 채 정신 없이 열중하는 자세로 이 작품의 이 대목을 읽을 것임에 틀림없다. 여기에 묘사되어 있는 것들은 모두 완전하고 간명하며, 현실적이고 진실하다. 바로 여기에 정열이 있다.──그 모든 영광이나 오직 천재에게나 어울리는 독자적인 감동 따위 속에……. 여기서는 무엇 하나 잊혀져 있지 않다. 여러분은 여기서 죄수의 생활에 관한 한 권의 백과사전과 접하게 될 것이다. 자연을 모두 이용하고 있는 놀라운 죄수의 언어나, 노래에 생명을 안겨주고 음향에 의미를 안겨주는 수단이 여기에 담겨있다. 감옥에서 이 책을 읽는다면 죄수를 죽음으로 몰아넣거나 혹은 탈옥을 실행시키기에 이를 것이다.

파브리스가 사랑에 열중하여 감옥 내의 드라마가 가장 매혹적인 광경을 보여줄 때, 성채 밖에서는——여러분도 알고 있는 바와 같이——격렬한 싸움이 벌어지고 있었다. 즉 대공과 사령관과 라시가 파브리스를 독살할 음모를 꾸미고 있었던 것이다. 파브리스를 암살하려는 계획은 대공의 허영심이 결정적으로 상처를 입은 날에 결정된 것이다. 그래서 꿈에서나 볼 수 있을 만큼 아름답고 매력적인 클레리아는 자신의 사랑을 단념해 버리고 파브리스의 탈주를 돕는다. 이 때문에 그녀의 아버지인 사령관은 하마터면 죽음을 당할 뻔했다.

이 위기에 의해 그 이전에 일어난 모든 사건들의 모습이 분명히 드러난다. 이러한 위기가 없었다면 우리는 그러한 모험을 통해서만 사람들을 바라보고 그 활약상을 알고 있을 뿐이므로, 모든 것을 이해할 수 없고 모든 것이 허위이며 불가능한 일이라고밖에는 생각하지 않을 것이다.

공작 부인의 이야기로 되돌아가자. 궁정 사람들이나 라베르시 일당은 이 고상한 여성의 슬픔을 보고 의기 양양해 하고 있다. 그런데 그녀가 아주 침착한 태도로 있으면 대공은 견딜 수가 없는 것이다. 아무도 그 까닭을 알 수 없다. 모스카 자신조차도 그것을 이해할 수 없었다. 여기서 우리는 모스카가 아무리 위대하더라도 이 여성에게는 미치지 못한다는 것을 알게 된다. 이 순간 부터 여러분은 그녀가 이탈리아의 천재라고 생각하게 될 것이다.

자신의 재능이나 본심을 철저히 감추고, 대담하기 이 를 데 없는 복수가 치밀하게 이루어진다. 대공은 그녀 에게 무례한 짓을 너무 많이 한 것이다. 그녀는 대공의 무자비함을 알아챘다. 그래서 두 사람의 결투는 결사적 이다. 그러나 만일 라누치오 에르네스토 4세가 파브리 스를 독살시켜 버리게 된다면, 공작 부인의 복수는 보 잘것없고 불완전한 것이 될 것이다. 파브리스를 구해내 지 않으면 안 된다. 이러한 기도는 모든 독자들에게 전 혀 불가능한 일로 생각된다. 그런데 이 여자 폭군은 교 묘히 온갖 수단을 동원하여 사령관인 파비오 콘티에게 죄수들을 충분히 보호하는 것이 그에게는 매우 명예로 운 일이라는 점을 납득시킨다.

이 사나이에게는 허드슨 로우[86] 같은 면이 있다. 그것도 제3류의 허드슨 로우다. 이 사나이는 이탈리아 인이다. 그래서 라베르시 부인이 총애를 잃은 것은 공작 부인 때문이라고 생각하여 복수하려고 한다. 지나는 전혀 의심하지 않는다. 왜냐하면 '연애를 하는 사람은 자신의 아내를 지키려 하기보다는 그 연인에게 달려가려고 더 많이 생각하고, 죄수는 간수가 그 감옥의 문을 닫는 데 유의하기보다는 도망칠 궁리를 더 많이 한다. 그러므로 아무리 큰 장애물이 있을지라도 연애하는 자와 죄수는 성공할 것이다' 라고 생각하기 때문이다.

그녀는 그를 구해낼 것이다. 아, 역겹기 짝이 없는 이 궁정을 떠날 수가 없다. 절망한 이탈리아 여자는 정말 멋있게 묘사되어 있다. "자, 정신 차려야지, 가엾은 여자여!" 하고 그녀는 혼잣말을 하고 있다. 여자들이 흔히 입에 올리는 이 위대한 말을 눈시울을 적시지 않고는 읽을 수가 없다. '너의 의무를 다하라. 파브리스에 관한 일은 잊어버린 체하라.'

잊어버린다! 이 말이 그녀를 구한다. 그녀는 이 말을 입에 올릴 때까지는 울 수도 없었다. 이리하여 공작 부인은 음모를 꾀한다. 그녀로서는 분명히 정나미가 떨어졌지만, 그러나 그녀를 위해서라면 파르므를 화염과 유혈의 거리로 만들고, 어떤 인간이든 —— 그 대공조차도

──죽이려고 할 재상과 그녀는 음모를 꾸미는 것이다. 이 성실한 연인은 자신의 죄를 인정하고 있다. 자신은 가장 불행한 인간이다. 아, 이 얼마나 한심스러운 변명일까. 그는 자신에게 명령하는 자가 이토록 거짓투성이고, 이토록 파렴치하며, 이토록 잔혹한 인간이라고는 생각하지도 못했던 것이다. 그러므로 그는 자신의 연인이 증오심으로 가득 차 있는 것을 당연한 일이라고 생각한다. 그는 이제 파브리스가 그녀에게 있어 '전부'라고 자연스런 일처럼 생각하는 것이다. 이는 위대한 사람들에게서 흔히 볼 수 있는 연인을 대할 때의 약점이다. 그러한 사람들은 연인을 위해 자신들을 죽음에 이르게 하는 부정마저 허용하는 것이다. 늘그막의 사랑은 숭고하다. 지나가 절교를 하기 위해 그를 불렀을 때, 그는 단 한 마디밖에 하지 않았다. 하룻밤 사이에 공작 부인은 무척 늙어버렸다.

"아!"하고 모스카는 혼잣말을 했다. "저 사람도 이미 40살이야."

어느 페이지에서나 외교관의 이러한 정열적인 외침이나 의미심장한 말을 들을 수 있는 작품을 도대체 또 찾아볼 수 있을까? 그리고 다음 이야기에 주의해 주기 바란다.──여기서는 세상에서 흔히 '샌드위치'라 불리는 '오르되브르'는 찾아볼 수 없다. 아니, 여러 인물들이 행동하고 생각하고 느끼는 가운데 드라마는 끊임 없이 발전하고 있다. 그 '관념'으로 미루어보아 드라마틱한 시인은 주신酒神을 찬미하는 격렬한 리듬에 몸을 맡기면서도, 작은 꽃을 따기 위해 결코 길바닥에서 몸을 구부리지 않는다.

앞으로 나가자! 공작 부인이 모스카에게 뭔가 털어놓고 이야기하고 있을 때는 황홀하리만큼 아름답다. 그것은 곧 절망에 의해 고상해진 것이다. 모습이 무척 변했기 때문에 백작은 그녀가 틀림없이 병을 앓고 있는 모양이라고 믿어버린다. 그는——파르므는 말할 것도 없고——이탈리아 제일의 명의名醫인 라조리[87]를 불러야겠다고 생각한다.

"그것은 배반자로서의 충고인가요? 아니면 친구로서의 충고인가요?" 하고 그녀는 말한다. "나의 절망적인 기분을 남에게까지 알려주면서 재미있어 하시려는 건가요?"

"이제 글렀어" 하고 백작은 생각한다. "이미 자신을 세상의 평범한 얼굴을 가진 인간들 속에도 포함시켜주지 않는 거야."

"당신은" 하고 공작 부인은 아주 거만한 태도로 이야기를 계속했다. "내가 파브리스가 체포되었다고 해서 별로 괴로워하고 있지 않다는 점이나, 결코 이 나라를 떠나려는 속셈은 갖고 있지 않았다는 것, 그리고 대공에게는 존경심으로 가득 찬 심경으로 있다는 것을 잘 기억해 주기 바랍니다. 그리고 내가 당신에게 말씀드리고 싶은 게 있어요. 나는 앞으로 혼자서 자신의 일을 처리하고자 하니, 당신과는 오래 된 좋은 친구로서 헤어지고 싶어요. 내가 이미 60살이 되었다고 생각해 주세요. 나의 젊음은 나의 내부에서 죽어 버린 겁니다. 파브리스가 감옥에 있기 때문에 내가 그를 사랑할 수는 없어요. 하지만 만일 당신의 운명을 손상시키는 일이 있다면, 나는 지금보다 더 불행해질 것입니다. 또한 내가 젊은 연인을 갖고 있는 체할 수도 있으니 그 때문에 당신이 괴로워하고 있는 모습을 보고 싶지도 않아요. 나는 파브리스의 행복을 걸고, 결코 당신에게 어떠한 부정한 일도 하지 않았다고 맹세할 수 있습니다. 더욱이 그것은 5년 동안의 일이었어요. 상당히 오랜 동안의 일이에요.” 이렇게 말하면서 그녀는 미소를 지으려고 애썼다. “결코 부정한 계략이나 희망을 갖고 있지 않았다고 맹세합니다. 이 점은 잘 헤아려주시겠죠. 그럼 돌아가주세요.”

백작은 떠났다. 이틀 동안 밤낮으로 그는 생각에 잠겨 있었다.

“오!” 하고 이윽고 그는 외쳤다. “부인은 탈주 이야기를 전혀 하지 않았어. 일생 동안에 딱 한 번, 진지함을 잃은 일이 아니었던가? 그리고 두 사람 사이가 언짢아진 것도 결국 자신으로 하여금 대공을 배반하도록 만들기를 원했기 때문이 아닐까? 그렇다, 틀림없어."

이 작품이야말로 바로 걸작 그 자체라고 나는 여러분에게 말하고 싶다. 그리고 나의 개인적인 분석을 통해서도 여러분은 납득이 갈 것이다.

대신은 이렇게 생각한 다음, 마치 15세쯤 된 소년처럼 걷기 시작했다. 그는 되살아난 것이다. 대공으로부터 라시를 유혹하여 탈취하더니, 그를 부하로까지 삼는 것이다.

"라시는" 하고 그는 혼잣말을 했다. "우리가 유럽에서 체면을 잃게 될 선고문을 만들기 위해 대공으로부터 돈을 받고 있다. 하지만 동시에 주군主君의 비밀을 발설하고 배반하기 위해, 나에게 돈 받기를 거부할 그러한 사나이가 아니다. 녀석에게는 정부情婦와 고해신부가 딸려 있지만, 정부는 너무 비열한 여자이기 때문에 무심코 이야기를 털어놓을 수는 없다. 그가 이야기 했던 내용을 이튿날에는 부근의 과일 가게 여주인에게라도 지껄여댈 것임에 틀림없다."

그는 기도를 하기 위해 성당으로 나갔다. 거기서 그는 대주교를 만났다.

"상포르의 신부인 뒤냐니라는 이는 어떤 인물인가요?"하고 그는 물었다.

"쓸모 없는 사나이지만 엉뚱한 야망을 품고 있습니다. 신중하지 못한 사나이며 매우 빈곤합니다. 이렇게 말하는 것은 우리 역시 그러한 악덕을 갖고 있으니까요" 하고 대주교는 허공을 쳐다보며 말했다.

재상은 선량한 신앙과 진실한 자비라는 것의 깊이 앞에서 쓴웃음을 짓고 있었다. 그는 뒤냐니 신부를 불러 이렇게 말했다.

"당신은 나의 훌륭한 친구인 라시 검사의 고해신부라고 하던데, 그가 내게 뭔가 이야기하고 싶어하지 않던가요?"

백작은 운을 하늘에 맡기고 시도하는 것이다. 그는 단 한 가지만을 알고 싶어했다. 파브리스는 언제 죽음의 위험에 직면하는가? 그리고 그는 공작 부인의 계획을 방해하는 자가 없도록 하겠다고 자진해서 말했다. 그와 라시와의 회견은 중요한 장면이다. 백작은 거칠어 보이는 오만한 태도로 선수를 치며 이렇게 말하기 시작했다.

"왜 당신은 내가 보호하고 있는 모반인謀叛人을 보로니아에서 체포하게 만들었소? 게다가 그를 사형에 처하려 하고 있으면서도, 나에게는 한 마디 말도 하지 않소! 적어도 당신은 내 후임자의 이름도 알고 있을 테죠? 콘티 장군이요, 아니면 당신 자신이오?”

재상과 검사는 서로 어떻게 하면 자신들의 지위를 지킬 수 있을까 하고 궁리를 하는 것이다. 100여 명의 등장 인물을 다루고 있는 이 커다란 음모의 훌륭한 세부 사항을 읽는 즐거움을 여러분으로부터 빼앗을 필요는 없다. 작가는 10마리의 말이 끌고 가는 마차를 다루는 교묘한 마부처럼 그 말고삐를 다루는 데 어려움을 느끼고 있지 않은 것이다. 모든 게 알맞게 배치되어 있으며 조금도 어수선하지가 않다. 여러분은 도시이건 궁정이건 그 모든 것을 볼 수 있을 것이다. 이 드라마의 교묘함이나 수법, 명석함 앞에서는 망연해질 뿐이다. 공기는 회화繪畵 속에서 노닐며, 불필요한 인간은 하나도 없다. 몇 번이나 정직한 피가로임을 증명한 로도비코는 공작 부인의 오른팔이다. 멋있는 역할을 해낸 그는 충분히 보상을 받을 것이다.

그러면 여기서 중요한 역할을 하고 있는 제이의적인 인물들 중 한 사람에 관해 이야기해 보려 한다. 파트라페란테라는 이름의 이 사나이는 작품 속에 자주 등장하는 인물로서 의사이며 사형을 선고받은 자유주의자다. 그는 온 이탈리아를 방랑하고 있으며, 선전에 종사하고 있다.

파트라 페란테는 미르비오 페리코[88]에 비견되는 대시인이다. 하지만 그가 페리코와 다른 점은 급진적인 공화주의자라는 것이다. 이 사나이의 신앙에 관해 살펴보는 일은 그만두기로 하자. 이 사나이는 신앙을 갖고 있다. 그는 공화국의 성聖 폴로이며, 젊은 이탈리아의 순교자다. 그의 예술은 밀라노에 있는 《성 발테르미》나 포이아티에[89]의 《스파르타쿠스》나 카르타고의 폐허에 서 있는 《마리아》처럼 숭고하다. 그의 행동이나 말은 모두 멋있다. 그는 확신을 갖고 있고, 위대하며 정열적이다. 수법이나 사상, 진실성 면에서 대공이나 재상이나 공작 부인이 아무리 높은 곳에 있다 할지라도, 이 회화의 한쪽 구석에 놓여 있는 당당한 인간상 파트라 페란테에 여러분은 감탄할 것임에 틀림없다. 여러분의 의견이 입헌적이든 전제적이든 종교적이든 간에 그는 여러분을 정복할 것이다. 그는 아내와 5명의 아이들의 끼니를 이어갈 빵도 마련하지 못한 채 은신처에서 이탈리아 사람들에게 설교하고 있다. 허나 이 사나이의 빈곤만큼 위대한 것은 없다. 그는 가족을 부양하기 위해 거리에서 약탈을 하고, 자신이 약탈한 것과 약탈당한 것에 관한 기록을 갖고 있다. 정권을 획득하면 공화국에 의해 강요된 이 빚을 갚기 위해서다. 특히 〈이탈리아를 위해 예산을 확보해야 한다〉는 제목의 논문을 인쇄하기 위해 약탈하는 것이다. 파트라 페란테는 이탈리아에 살고 있는, 진지하기는 하지만 그릇된——재능이 풍부하지만 자신의 신조信條의 치명적인 결과는 알아채지 못하는——그러한 지혜를 가진 사람들의 전형이다. 절대 군주의 재상들이여, 그들에게 많은 돈을 주어 프랑스나 미국으로 추방하라! 그들을 뒤쫓지만 말고, 위대하고 고결한 성격을 풍부히 갖고 있는 이 정직한 사람들의 눈을 뜨게 해주어라. 그들은 1793년에 알폐리[90]가 이야기한 것처럼 이렇게 말할 것이다.——"소인배들은 일을 함으로써 자신을 위대한 사람들과 화해시킨다."

　나는 이토록 열렬히 이 '파트라 페란테라는 인물을 창조'한 것을 찬양한다. 왜냐하면 나도 그러한 인물을 사랑한 적이 있기 때문이다. 만일 내가 베일보다는 약간의 우선권을 갖고 있다 하더라도, 창조라는 면에서는 한 발자국 양보해야 하리라. 나는 절대 권력의 지지자인 공작 부인을 사랑한 이 엄격하고 양심적인 공화주의자의 그토록 위대하고 강인한 정신을 묘사한 드라마를 본 것이다. 우리의 미셸 크레치앙[91]은 모프리뉴즈 공작 부인을 사랑했지만, 상세베리나 공작 부인의 페트라르카적 연인인 파트라 페란테의 부조浮彫에는 미치지 못한다. 이탈리아와 그 풍속, 이탈리아와 그 풍경, 사카의 성채, 갖가지 위험, 파트라 페란테의 빈곤 등은 너무 아름다우며, 파리 문명의 빈약한 세부사항 따위와는 비교가 되지 않는다. 미셸 크레치앙은 생메리 수도원에서 전사하지만, 파트라 페란테는 범죄를 저지른 후에 미국으로 도망친다. 이탈리아 인의 정열은 프랑스 인의 그것보다 더 강렬한 것이다. 이 여러 에피소드에는 아페닌 풍의 아취雅趣가 스며들어 있어 뿌리치기 어려운 흥미를 불러일으킨다. 모든 것이 공화국의 세모꼴의 강철 밑에서——자기보다는 국민군國民軍의 제복과 시민적 법률 밑에서——손쉽게 평등화되어버린 오늘날에는 프랑스 문학에 본질적으로 미美와 새로운 상황의 원천이 되고, 드라마틱한 주제를 부여하는 그 연인들 사이의 위대한 장애라는 것이 결여되어 있는 것이다. 그러므로 귀부인에 대한 급진주의자의 정열의 엄숙한 모순이 원숙한 작가에 의해 다루어지지 않고 탈락된다는 것은 있을 수 없는 일이다.

월터 스콧의 《청교도》를 제외하고는 어떠한 책 속에도 베일이 파트라 페란테에게 부여한 바와 같은 힘을 가진 인물이 묘사되어 있지 않다. '파트라 페란테' 라는 이름만 들어도 우리의 상상력이 왕성해지는 것이다. 바르플 드 바를레이와 파트라 페란테를 비교한다면, 나는 망설이지 않고 파트라 페란테를 선택할 것이다. 데생은 마찬가지다. 하지만 월터 스콧은 물론 위대한 색채화가

이긴 하지만, 베일이 이 인물에게 채색한 것과 같은 디치안풍의 감동적이며 열렬한 '톤'을 갖고 있지는 않다. 파트라 페란테는 실로 완벽한 시인이다. 바이런[92]의 《해적海賊》 이상의 시인이다. "아, 이거야, 열중하지 않을 수 없어!" 하고 모든 여성은 고상하고 또 죄가 무거운 이 에피소드를 읽고 생각할 것이다.

파트라 페란테는 사카 부근에 아무도 들어갈 수 없는 은신처를 갖고 있었다. 그는 몇 번이나 공작 부인을 목격하고, 그녀를 정열적으로 사랑하게 된다. 공작 부인도 그를 만나보고 마음이 움직인다. 파트라 페란테는 마치 신 앞에라도 나온 것처럼 그녀에게 모든 것을 털어놓고 이야기한다. 그는 공작 부인이 모스카를 사랑하고 있다는 것을 알고 있었다. 그러므로 그의 사랑에는 희망이 없었다. 공작 부인은 이탈리아 여자답게 마음으로부터 그를 가엾게 생각하고 '푸른 피〔血〕'가 흐르고 있는 자신의 흰 손에 키스하도록 허용하는데, 이 묘사에는 뭔가 감동적인 면이 있다. '푸른 피'란 고귀한 피를 의미하는 이탈리아 말이다.

그는 지난 7년 동안 흰 손을 만져본 적이 없었다. 이 시인은 아름답고 흰 손을 숭배하고 있었다. 그는 이미 아내를 사랑하고 있지 않았다. 그의 아내는 힘겨운 노동을 견뎌내며 아이들을 위해 바느질을 하고 있었다.

그는 말할 수 없이 무서운 빈곤 속에서 지내면서도 스스로 떠나려 하지 않는 이 여자를 버릴 수가 없었다. 정직한 사나이의 이러한 의리를 공작 부인도 잘 알고 있었다. 공작 부인은 진짜 마돈나(성모)처럼 모든 것을 딱하고 애처롭게 생각하고 있었으므로 그를 도와주겠다고 말했다. 그런데 파트라 페란테는 칼 상드와 마찬가지로 몇 가지 암살 계획을 갖고 있었다. 그는 '젊은 이탈리아'를 열중시키고 들끓게 만드는 선전과 약탈에 종사하고 있었던 것이다.

"저 민중에게 매우 해로운 여인들은" 하고 그는 말했다. "아직 살아남아 있을 것입니다. 그러나 이는 대체 누구의 죄입니까? 천국에서 나를 맞아들일 아버지는 대체 뭐라고 말씀하실까요?"

그래서 그녀는 그의 아내와 아이들에게 필요한 것들을 지원하고, 또한 그에게는 상세베리나의 저택 안에 있는 아무도 찾아낼 수 없는 은신처를 제공하겠다고 했다.

상세베리나의 저택에는 파르므 시가지가 포위될 경우를 대비하여 중세 시대에 만들어진 거대한 저수지가 있었다. 이것은 시내에 1년 동안이나 급수할 수 있을 만큼 큰 것이었는데, 저택의 일부는 이 저수지 위에 세워져 있었다. 백발의 공작은 결혼식 날 밤을 파르크에서 보내며, 저수지와 은신처의 비밀을 부인에게 들려주었다. 쇠기둥 위의 거대한 돌을 회전시키면 수문水門이 열려 파르므 시내를 물에 잠기게 할 수 있다. 그리고 저수지의 어느 두꺼운 벽 속에는 햇빛도 들지 않고 공기도 거의 통하지 않는 방이 하나 있다. 높이 20자, 너비 8자인 그 방이 있는 것을 아무도 알지 못하므로, 그 방을 찾아내려면 저수지를 파괴하지 않으면 안 될 것이다.

파트라 페란테는 정세가 악화되었을 때에는 이 은신처에 숨겠다고 승낙했지만, 공작 부인이 내민 돈은 거절한다. 그는 자신을 위해 100프랑 이상은 결코 몸에 지니고 있지 않겠다고 맹세한 터였다. 그녀가 몇 스컹을 건네주려고 했을 때, 그는 돈을 갖고 있었지만 1스컹만 받았다.

"이 1스컹은 받겠습니다. 이는 당신을 사랑하고 있기 때문입니다"라고 그는 말했다. "하지만 나는 100프랑 외에 5프랑을 더 갖는 반칙을 범하고 있으므로, 만일 지금 교살당한다면 후회해야 할 겁니다."

'이 사람은 정말로 나를 사랑하고 있구나' 하고 공작 부인은 생각했다.

이 사실을 뒷받침하고 있는 것은 이탈리아 풍의 소박함이 아닐까? 몰리에르가 이 사람들을 묘사하기 위해 소설을 썼다 하더라도 —— 그리고 서약에 대한 신앙을 아직 유지하고 있는 아라비아 인이라도 —— 이보다 더 아름답게 쓸 수는 없었으리라.

파트라 페란테는 공작 부인의 음모에 가담하여 그녀의 오른팔이 된다. 이는 무서우리만큼 유력한 동조 세력이다. 그의 에너지는 전율을 느끼게 한다. 어느날 밤, 상세베리나의 저택에서 이러한 사건이 일어난다. 이 인민의 사자獅子는 은신처에서 나왔다. 그는 처음으로 호화 찬란한 저택의 방 안으로 들어갔다. 그리고 거기서 자신이 사랑하는 여자를, 자신의 우상을 목격한다. 그녀야말로 그가 '젊은 이탈리아' 보다도, 공화국보다도, 인류의 행복보다도 더 귀하게 여기는 우상이었다. 그는 고민에 빠져 눈물을 글썽이고 있는 그녀를 바라보았다. 대공이 그녀로부터 이 세상에서 그녀가 가장 사랑하고 있는 인간을 빼앗아 가고, 비열하게도 그녀를 기만한 것이다. 더욱이 이 폭군은 그녀가 열애하여 마지 않는 청년의 머리 위에 다모클레스의 검劍을 들이대고 있는 것이다.

"지금 여기서 보민관保民官이 당연히 알고 있어야 할 새로운 부정 사건이 일어나고 있습니다"라고 이 공화주의자인 고상한 돈키호테[93]는 말한다. "한편, 단순한 개인으로서 일을 하면서 상세베리나 공작 부인에게는 생명밖에 바칠 수 없으므로 지금 그것을 갖고 왔습니다. 눈앞에 있는 인간은 궁정의 인형이 아닙니다. 이는 인간입니다.” 그는 생각한다. ‘부인은 자신이 보고 있는 앞에서 울었다. 그러므로 이전보다는 얼마간 덜 불행한 것이다.’

“하지만 당신이 어떠한 위험에 둘러싸여 있는지…… 그것을 생각하세요” 하고 공작 부인은 말했다.

“보민관은 이렇게 말하겠어요.——부인이여, 의무인 이상 생명 따위가 문제가 되겠습니까! 이렇게 말하는 인간이 한마디 더 덧붙여 말하겠어요.——바로 여기에 무쇠 같은 몸과 이 세상에서 단지 당신의 마음에 들지 않을 것만을 두려워하는 영혼이 있습니다.”

“더 이상 당신의 기분을 이야기하시면 영원히 몰아내겠어요” 하고 공작 부인은 대답했다.

그러자 파르타 페란테는 슬픈 듯이 떠난다.

내가 너무 과장했을까? 코르네유[94] 처럼 아름다운 대화가 아닌가? 그리고 이러한 페이지가 많이 있다는 점을 생각해 주기 바란다. 그 어느 것이나 각기 특징을 갖고 있으며, 이와 같은 높은 기량으로 묘사되어 있다. 이 사나이의 아름다운 성격에 감동하여, 공작 부인은 한 가지 서류를 작성했다. 그것은 페란테의 아내와 아이들의 장래를 보호하는 것이었다. 하지만 공작 부인은 그에게는 아무 말도 하지 않았다. 왜냐하면 자신의 가족에게 그러한 보호가 부여된 줄 알면 그는 스스로 목을 매어 죽을지도 모른다고 생각했기 때문이다.

이윽고 머지 않아 파브리스가 처형된다는 소문이 돌면서 파르므 시내가 소연해지고 있을 때, 이 용감한 보민관은 매우 위험한 일을 저지른다. 그날 밤, 그는 카브신 사제로 변장하고 공작 부인 앞에 나타났다. 눈물로 세월을 보내고 있던 부인은 이야기도 할 수 없었다. 부인은 손으로 인사를 한 뒤, 그에게 의자를 가리켰다. 파트라는 무릎을 꿇고 앉아 신에게 기도했다. 그녀가 그토록 숭엄하게 느껴졌던 것이다. 그는 기도를 중단하고 말한다.

"다음 기회에 그는 생명을 바칩니다."

"당신이 말하고 있는 것을 잘 생각해 보세요" 하고 부인은 외쳤다.

"그는 파브리스의 운명을 바꿔놓거나, 아니면 그 원수를 갚는 데 생명을 바치려 하고 있습니다."

"당신의 생명을 희생시켜줄 기회는 또 있을 겁니다" 라고 말하며 그녀는 그를 쳐다보았다.

그녀는 그의 눈길 속에서 순교자의 환희가 빛나고 있는 것을 보았다. 그녀는 일어나서 하루 전에 페란테의 아내와 아이들을 위해 마련해 둔 증여 증서를 내밀었다.

"읽어보세요!"

그는 읽었다. 그리고 무릎을 꿇고 앉아 훌쩍거리며

울었다. 환희 때문에 금방이라도 죽을 것 같았다.

"그 서류는 돌려주세요" 하고 공작 부인은 말했다.

그녀는 그것을 촛불에 태워버렸다. 그리고 덧붙여 말했다.

"내 이름이 알려지는 일이 있어서는 안 됩니다. 만일 당신이 체포되어 처형당하게 되면, 만일 당신의 몸이 위태로워지면, 나 역시 그렇게 될 것임에 틀림없어요. 그리고 파브리스도. 나는 당신이 희생해 주기를 바랍니다!"

"나는 충실히, 정확하게, 그리고 용의주도하게 결행하겠습니다."

"만일 내가 발견되어 처형되면" 하고 부인은 안색이 갑자기 굳어지며 말했다. "당신을 끌어들인 죄를 추궁당하고 싶지 않아요. 내가 신호를 보낼 때까지는 결코 그를 살해해서는 안 됩니다. 파르므 시내가 눌에 잠기게 만드는 것을 신호로 삼겠어요. 사람들이 모두 틀림없이 그러한 소문을 퍼뜨릴 테니까요."

페란테는 공작 부인의 확고한 태도를 보고 기운을 얻어 돌아간다. 그가 방을 나가려 하자, 부인이 불렀다.

"강인한 사나이, 페란테!"

그가 되돌아왔다.

"그리고 당신의 아이들은요?"

"네! 아이들은 당신이 틀림없이 돌보아주시겠죠."

"자, 이것이 내게 남아 있는 다이아몬드의 전부예요."

이렇게 말하면서 그녀는 작은 올리브 나무 상자를 건네주었다.

"5만 프랑의 가치는 있습니다."

"아, 부인!" 하고 페란테는 흥분해서 외쳤다.

"이제 결행하실 때까지는 결코 만나지 않겠어요. 자, 받으세요. 나의 소망이에요."

페란테가 방문을 열고 나가려 하자 부인이 다시 불러 세웠다. 대★상세베리나 공작 부인은 그의 양팔 속으로 몸을 던졌다. 페란테는 실신할 것 같았다. 그녀는 페란테가 곧 자제심을 잃으려는 것을 알아채자, 포옹을 풀고 뒤로 물러나 눈으로 문을 가리켰다.

공작 부인은 오랫동안 그 자리에 서 있었다.

"그이야말로 나를 이해해준 유일한 사람이야. 파브리스도 내 이야기를 들으면 틀림없이 그이와 같은 일을 해주었을 거야" 하고 부인은 중얼거렸다.

이 장면의 멋진 묘사에 대해 나는 여기서 충분히 설명할 수가 없다. 베일은 결코 세상 사람들이 말하는 이른바 선전가가 아니다. 그는 시역弑逆을 권하고 있는 것이 아니라 여러분에게 사실을 보여주고 있을 뿐이다. 그는 그것을 있는 그대로 묘사하고 있다. 이 작품을 읽으면 누구든, 심지어 공화주의자조차도 폭군을 암살하려는 따위의 생각은 하지 않을 것이다. 그러한 일은 개인적인 정열이 가져오는 장난이며, 그 이상의 것이 아니다. 지금은 색다른 일이지만, 동등한 무기를 갖고 벌이는 결투가 문제가 되는 것이다.

대공이 파브리스를 독살하기 위해 파브리스의 적을 이용하고 있는 것처럼 공작 부인은 페란테를 이용하고 있는 것이다. 왕에게도 복수할 수는 있다. 코리올라누스[95]는 자신의 나라에 훌륭히 복수했다. 보마르세와 미라보[96]는 그들의 가치를 인정하려 하지 않은 그 시대에 선명하게 복수했다. 복수는 도덕적인 것이 아니다. 그러나 작가도 여러분에게 이에 대해 설명하고 있다. 그는 티베르의 범죄에 있어서의 타시트[97]처럼, 뒤로 물러나 이렇게 말하고 있다. ― "나는 이탈리아 인이 복수 속에서 찾아내고 있는 부도덕한 행복감이 이 국민의 시나친 상상력에 기인하고 있음을 잘 알고 있다. 더욱이 다른 나라 국민들은 결코 용서하지 않는 일을 그들은 까맣게 잊어버리는 것이다." 이 모럴리스트는 이렇게 격렬한 창조력과 더할 나위 없이 풍부하고 아름다운 상상력을 갖고 서로 결투를 벌이는 이 정력적인 국민의 성격을 설명하는 것이다.

상상력에 대해서만 생각해 보면 ― 이 때문에 곤란해

지는 수도 있지만——이러한 반성은 얼핏 보기에 우리가 생각하는 것 이상으로 의미심장한 것이다. 이것은 러시아 인이나 영국인보다 훨씬 빼어나고, 프랑스 인과 비교할 수 있는 유일한 국민인 이탈리아 인에게 향해지고 있는, 그 심한 욕설이나 매도를 변명해 주는 것이다. 여성적인 감수성이나 섬세함이나 위대함을 풍부하게 지니고 있는 이탈리아의 천재는, 여러 면에서 이탈리아 인을 다른 국민들보다 더 높은 자리에 올려놓고 있다.

이 순간부터 공작 부인은 대공에게 우월감을 느낀다. 이 위대한 결투에서 나약한 그녀는 기만당하고 있었다. 궁정인다운 본능에 따라 움직이고 있는 모스카가 대공을 돕고 있었기 때문이다. 복수가 결정적으로 이루어지기 시작하자, 지나는 힘이 솟아 오르는 것을 느꼈다. 생각하는 것마다 모두 그녀를 행복하게 만들었다. 그녀는 자유로이 행동할 수 있었다. 그 보민관의 용기가 그녀의 용기를 고무시킨 것이다. 또한 그녀의 용기는 로도비코를 분발시켰다. 이 3명의 음모자들의 일에 대해서는 모르는 체하고 있었지만, 한편으로 자신의 경찰이 그들에게 반대하는 행동을 취하고 있는 것도 잠자코 허용하고 있었다. 만일 부인이 무엇인가를 알아챘더라면 훨씬 색다른 결과를 불러일으켰을 것이다.

재상은 자신의 연인에게 기만당하고 있었다. 자신을

이미 싫어하고 있으며 그것은 당연한 일이라고 그는 생각했다. 만일 그가 이토록 교묘히 기만당하고 있지 않았다면, 그는 결코 불행한 연인의 역할을 이렇게 연출할 수 없었으리라. 행복감을 숨길 수는 없다. 영혼의 불꽃은 저절로 겉에 나타난다. 그러나 공작 부인은 페란테를 매혹시키고 떠나보낸 다음에 기쁨으로 충만하여 재상의 눈을 뜨게 해주는 것이다. 그는 이윽고 납득한다. 그러나 그녀의 마음이 이미 떠나버린 사실을 알지 못한다.

파브리스의 탈주는 바로 기적이다. 탈주하는 데는 굉장한 정력과 격렬한 머리 회전이 필요했다. 이 때문에 이 사랑스런 청년은 하마터면 목숨을 잃을 뻔했다. 그는 자신의 백모의 손수건과 옷냄새를 맡고 제정신을 찾으며 되살아난다. 여러 가지 사건들이 펼쳐지고 있는 가운데서도 잊어버리지 않고 있는 이 사소한 세부사항은 연애를 하는 사람들을 황홀하게 만들 것이다. 이는 마치 연애 생활의 가장 감미로운 것을 생각해 내게 하는 멜로디의 피날레처럼 묘사되어 있다. 모든 수단이 교묘하게 동원되어 있으며, 무엇 하나 '실수'가 없다. 모스카 백작은 80여 명의 간첩을 이끌고 이 탈주에 임하지만, 재상으로서는 아무런 보고도 받지 못한다.

"보라, 나는 훌륭한 배반자가 되었다"라고 그는 더할

나위 없이 기뻐하며 중얼거렸다.

   암호 같은 소리를 말이 없는 가운데 이해하면서 모두들 그의 곁을 떠나갔다. 탈주가 성공하자 각기 자기 자신의 일을 생각하는 것이었다. 로도비코는 마차를 몰아 포로 질주했다. 아, 파브리스가 왕관을 쓰고 있는 암살자의 세력권으로부터 도피했을 때에 공작 부인——그 때까지는 표범처럼 잠복하고, 풀숲에 숨어 있는 뱀처럼 몸을 구부리며, 물 속의 진흙 바닥에 잠겨 있던 쿠퍼가 묘사한 인도인처럼 납작해 지고, 노예나 고양이 또는 사람을 기만하는 여자처럼 유순했던 공작 부인——이 비로소 거리낌없이 자유롭게 발돋움을 하는 것이다. 표범은 발톱을 드러내고, 뱀은 물으려 하고, 인도인은 승리의 노래를 부르려 하고 있는 것이다. 그녀는 더할 나위 없이 기뻐했다.

   파트라 페란테에 관해 아무것도 모르는 로도비코는 민중과 마찬가지로 그에 대해 이렇게 말한다. "그 사람은 나폴레옹주의자가 되었기 때문에 박해당하고 있는 불쌍한 사람이야." 그 로도비코는 자신의 여주인이 미쳐버린 게 아닐까 하고 두려워한다. 그녀가 그에게 리차르다의 작은 영지를 넘겨준다. 그는 이 고마운 선물을 부들부들 몸을 떨면서 받는다. 그가 대체 그러한 보수를 받을 만한 어떠한 일을 했다는 말인가? 대주교를 구해내기 위한 음모에 가담했다. 그뿐이다. 그것만으로 충분하다!

"그런데 이때" 하고 작가는 말한다. "공작 부인은 도덕적으로 보아도 두려운 일일 뿐만 아니라, 그녀의 생애의 편안함에 있어서도 치명적인 어떤 일에 열중하려 하고 있는 것이다." 실제로 이렇게 열광하는 것을 보니 그녀가 대공을 용서해 줄 작정인 모양이라고 사람들은 생각한다. 그러나 '아니다.'

"만일 당신이 영지를 갖고 싶으면, 두 가지 일을 해주기 바랍니다. 하지만 위험을 무릅쓰고 하면 안 돼요" 하고 그녀는 로도비코에게 말한다. "당신은 곧장 포로 달려가서 사카의 성채에 불을 밝히는 거예요. 모두들 불이 난 줄 알 만큼 밝게. 탈주가 성공할 경우를 대비하여 오래 전부터 조명과 장식물 등을 준비해 두었어요. 움막 속에 초롱과 기름이 보관되어 있어요. 그리고 사카 사람들을 모조리 술에 취하도록 만드는 겁니다. 나의 그 많은 포도주통이며 술병에 든 술을 모두 마셔버리는 거예요. 성모 마리아에게 맹세코 서약하세요! 만일 한 병이라도 남아 있으면, 술통 속에 눈곱만큼이라도 포도주가 남아 있으면, 리차르다의 영지는 넘겨주지 않겠어요. 그 일이 끝나면 파르므로 되돌아와 저수지의 수문을 여는 거예요. 나의 친애하는 사카의 농부들에게는 술을, 파르므 시민들에게는 물을!"

이는 두려움을 자아낸다. 이것이야말로 위고가 리클렌 보르지아[98]의 입을 벌려 "당신으로부터 베니스의 축제에 초대받았으니까, 나는 페럴라에서의 식사 대접으로 보답하겠어요"라고 완벽하게 묘사해 보인 그 이탈리아의 정신인 것이다. 이 두 가지 표현은 아주 유사하다. 로도비코는 부인에게서 화려한 오만함과 쾌활함밖에는 발견하지 못한다. 그는 되풀이한다. "사카 사람들에게는 술을, 파르므 사람들에게는 물을!" 로도비코는 공작 부인의 명령을 실행하고 되돌아온 뒤, 베르지라트로 들어가 끊임없이 오스트리아 경찰을 두려워하고 있는 파브리스를 스위스의 로카르노로 데리고 간다.

파브리스가 탈주하고 사카 성채에 환히 불이 밝혀지자 파르므 사람들은 깜짝 놀랐다. 그리하여 물에 잠긴 데 대해서는 그다지 주의를 기울이지 않았다. 똑같은 사건이 프랑스 인이 침입했을 때에도 일어난 적이 있었기 때문이다. 공작 부인은 무서운 벌을 받았다. 파브리스가 클레리아를 열렬히 사랑하며 괴로워하고 있음을 알게 된 것이다. 그는 제1부주교이기 때문에 자신이 사랑하는 여자와 결혼할 수가 없어 고민하고 있는 것이었다.

백모와 함께 마조레 호반에 있으면서 그는 그 그리운 감옥에서의 일을 생각했다. 그런데 범죄를 명령하고,

마치 달〔月〕이라도 움켜잡듯이 자신의 사랑하는 파브리스를 감옥으로부터 빼앗아왔는데, 그 아이는 소박하고 단순하여 뭔가 다른 일을 생각하고 있고, 자신의 마음을 전혀 알아주지 않는 것이다. 신중하게도 지나 자신이나 어머니, 누이동생, 백모, 그리고 그를 위해서는 그 이상의 존재가 되려하고 있던 여자 친구들 등에 대해서는 전혀 주의를 기울이지 않는다.

이 여자는 얼마나 마음이 괴로웠을까. 그녀는 실로 뭐라 형언할 수 없는 번민에 잠기게 된다. 이 작품 속에서 그러한 점이 역력히 느껴진다. 우리는 설령 그녀의 애정이 받아들여지면 죄를 범하는 일이 된다는 것을 알고 있지만, 파브리스가 상세베리나 부인을 버리는 데는 고통을 느끼지 않을 수 없다. 더구나 파브리스는 감사히 여기고 있지도 않다. 이전의 죄수는, 정권을 획득하기 위해 동맹을 맺으려 하고 있는 이전의 재상처럼 감옥 생각밖에는 하지 않는 것이다.

그는 자신의 백모가 그토록 증오하고 있는 파르므 시내를 둘러보고 싶어했다. 그는 자신의 방에 성채 그림을 걸어놓았다. 그리고 마침내 성채의 사령관인 콘티에게 탈주 동기에 관한 사과 편지를 쓰는 것이었다. 클레리아에게 그녀와 서로 떨어져 있으면 자유의 몸이 되어도 불행을 느낄 뿐이라는 말을 하고 싶어서다. 이 편지가 사령관에게 어떤 효과를 안겨주었는지 판단해 보기 바란다(이 편지는 교회적 아이러니를 보여주는 걸작이었다). 사령관은 복수를 하겠다고 맹세한다.

쓸모 없는 복수로 끝났지만 두려움을 느낀 공작 부인은 자신의 안전을 위해 마조레 호 주변 마을에 있는 뱃사공들을 자신에게 도움이 되도록 고용했다. 그녀는 호심湖心으로 배를 저어나갔다. 그리고 파브리스가 워털루에서 나폴레옹을 위해 싸웠기 때문에 추적당하고 있으므로, 모두들 경계를 소홀히 하지 말아달라고 그들에게 말했다. 그녀는 사랑받고 복종받는 방법을 터득하고 있었던 것이다. 그녀는 보수를 주고 어느 마을에나 자신의 첩자를 만들어놓았다. 부인은 그들 중의 누구든 자신의 방에 자유로이 출입할 수 있도록 허용했다, 그녀가 잠들어 있는 한밤중에라도. 어느 날 밤 로카르노에서 부인은 주교계의 사람들에게 둘러싸여 있었는데, 그때 파르므 대공의 사망 소식을 들었다. 그녀는 파브리스를 바라보았다.

"이는 내가 이 사람을 위해 한 짓이다. 이 사람을 위해서라면 더 나쁜 짓이라도 했을 텐데, 이 사람은 입을 다문 채 아무렇지도 않은 듯한 얼굴을 하고 있고, 더욱이 다른 여자 생각을 하고 있어!" 하고 그녀는 중얼거렸다.

　부인은 이 두려운 느낌을 건디다 못해 갑자기 졸도했다. 그녀는 하마터면 죽을 뻔했다. 모두들 서둘러 부인을 간호했지만, 파브리스만은 클레리아 생각을 하고 있었다. 그녀는 그러한 그를 바라보면서 몸이 부르르 떨리는 것을 느꼈다. 나는 사제나 권력자 따위의 유별난 사람들에게 둘러싸여 있는 것이라고 그녀는 생각했다. 부인은 귀부인다운 냉정함을 되찾자 이렇게 말했다.

　"그분은 훌륭하신 대공이셨어요. 그런데 무척 비방을 받고 계셨습니다. 우리에게는 커다란 손실이에요."

　"아아!" 하고 혼자 있게 되자 그녀는 중얼거렸다. "이제야말로 나는 파르므의 저택에서 나폴리로부터 돌아온 파브리스를 맞았을 때의 행복감과 어린애다운 기쁨의 흥분을 느꼈던 일에 대한 보상을 하고 있는 거야. 만일 한 마디 해두기만 하면 만사가 해결되고, 나는 모스카와 헤어졌을 텐데. 나와 결합되어 있으면 아마도 그 젊은 클레리아에게 마음을 두는 일 따위는 없었을 거야. 내가 클레리아에게 패배한 거야. 그녀는 20세야. 그런데 나는 나이가 갑절이나 더 많은걸. 차라리 죽어버리자! 40세가 된 여자 따위는 젊은 시절에 사랑해 주던 남자 이외의 사나이들에겐 보잘것 없는 거니까!"

　내가 이 문장을 인용하는 것은 아주 정확하고 또 슬픔 속에서 생각해 낸──그리고 거의 전적으로 진실이라 할 수 있는 ——그녀의 '반성' 때문이다. 공작 부인의 독백은 한밤중의 소란 때문에 중단된다.

"아, 드디어 나를 포박하러 온 거야. 마침 잘 됐다. 무슨 일이 일어난 거야. 내 목숨을 걸고 그들과 싸우자."

그러나 아무 일도 일어나지 않았다. 모스카 백작이 파르므의 여러 사건이나 라누치오 에르네스토 4세가 사망한 일 등의 상세한 내용을 온 유럽에 알리기 전에 그녀에게 알려주려고 그들의 가장 충실한 파발꾼을 보내온 것이었기 때문이었다.

파르므에서 혁명이 일어난 것이다. 보민관인 파트라페란테는 하마터면 승리를 거둘 뻔했다. 그는 5만 프랑짜리 다이아몬드를 아이들에게 넘겨주지 않고, 그가 사랑하는 공화국의 승리를 위해 사용했다. 폭동은 나폴레옹을 따라 스페인에서의 전쟁에 참가한 적이 있는 모스카에 의해 진압되었다. 그는 군인다운 용기와 국가의 중신다운 냉정함을 발휘했다. 그가 라시의 생명을 구해주었다. 이 때문에 그는 몹시 후회하게 될 것이다. 마지막으로, 그는 상세베리나 공작 부인을 사랑하고 있는 젊은 대공 라누치오 에르네스토 5세의 즉위 상황을 상세히 알려주고 있었다. 부인은 파르므로 돌아갈 수 있는 것이다.

미망인이 된 대공비는 앞에서 말한 것처럼 공작 부인

의 전성 시대에 궁정에서 벌어진 음모에 의해 밝혀진 바와 같은 이유 때문에 부인을 존경하고 있었다. 대공비는 상세베리나에게 매혹적인 편지를 적어보낸 다음 공작 부인을 여관장女官長에 명하고, 드 상조반니 공작 부인의 작위를 수여했다. 그렇지만 파브리스가 다시 돌아올 때까지는 신중해야 한다. 소송을 재심再審에 돌리고, 파브리스에 대한 선고문을 철회시키지 않으면 안 된다.

공작 부인은 파브리스를 사카에 감추어두고 의기 양양하게 파르므로 되돌아왔다. 이리하여 주제는 무리 없이 단조롭지도 않게 자연스레 부활되는 것이다. 라누치오 에르네스토 4세가 청정淸淨 결백한 상세베리나에게 보여준 최초의 총애와 라누치오 에느세스토 5세가 대공을 독살한 공작 부인에게 안겨준 비호 사이에는 아무런 유사점도 없다. 20세인 젊은 대공은 정신 없이 그녀를 사랑하고 있었다. 그런데 이 여자 범죄자를 위협하고 있던 위험은 대비大妃의 여관장으로서의 무한한 권력에 의해 균형이 잡혀지게 되는 셈이다.

이 작은 루이 13세에게 있어 그의 리슐리외는 모스카다. 그 폭동이 일고 있을 때 대재상은 너무 열중한 나머지 대공을 '어린애'라고 불렀다. 이 말이 대공에게 마

음의 상처를 주었다. 모스카는 대공에게 없어서는 안
될 인물이었다. 그렇지만 특히 정치에 관해서는 20세
에 지나지 않았던 대공도 자존심에 있어서는 이미 50세
정도나 되어 있었다. 라시는 몰래 대활약을 하며 온 이
탈리아의 민중 속으로 파고들고 있었다. 그는 그 욥[99]
만큼이나 가난한 파트라 페란테가 제노아에서 8개 내
지는 10개의 다이아몬드를 팔아버린 사실을 탐지해 냈
다. 궁정이 환희에 도취해 있을 때, 검사는 꾸준히 탐색
을 계속하고 있었다.

겁이 많고 젊은 대공은——모든 내향적인 청년들과
마찬가지로——40세인 여자에게 마음을 빼앗겨 정신
없이 열중하고 있었다. 실제로 지나는 이전보다도 더
아름다워져 30세로밖에는 여겨지지 않았다. 그녀는 행
복했기 때문에 모스카를 더욱 행복하게 만들었다. 그때
파브리스는 구제된다. 그는 재심에 돌려지고 면소免訴
처분이 내려졌으며, 판결이 철회된 뒤에 이미 78세가
된 대주교의 보좌관이 되고 그 후계자로서의 성직에 임
명될 것이다.

클레리아 한 사람만이 상 조반니 공작 부인에게 불안
감을 안겨주고 있었다. 그녀는 대공의 사랑을 재미있어
하고 있었다. 궁정에서는 곧잘 연극이 상연되었다. 이
dellarte라는 연극은 연극의 줄거리가 무대 뒤에 게시되

어 있을 뿐, 각 인물은 줄거리가 진행됨에 따라 대화를 궁리하여 엮어나간다. 이것은 줄거리가 있고 연극화한 수수께끼와도 같은 것이다. 대공은 연인역을 맡고, 지나는 언제나 그의 젊은 애인역을 맡았다. 문자그대로 여관장은 화산 위에서 춤을 추고 있었던 것이다. 소설의 이 부분은 정말 멋있다. 연극이 한참 진행되고 있을 때에 이러한 사건이 돌발했다. 라시가 대공에게 말했다.

"전하께서는 아버님이 어떻게 돌아가셨는지 정확히 알아내시기 위해 10만 프랑을 주실 수 있으시겠습니까?"

라시는 10만 프랑을 받았다. 대공은 어린애에 지나지 않았기 때문이다. 라시는 공작 부인이 제일 신용하고 있는 하녀를 매수하려 했지만, 그녀는 모든 것을 모스카에게 털어놓는다. 모스카는 그녀에게 매수당하는 체하라고 명했다. 라시는 2명의 금은세공상에게 공작 부인의 다이아몬드를 조사하게 하려 했다. 모스카는 의표를 찌르기 위해 자신의 첩자를 배치한다. 그리하여 그 유별난 세공상 중의 한 명이 라시의 형제임을 알아내었다. 모스카는 연극의 막간에 공작 부인에게 상세히 이야기해 주었다. 부인은 무척 쾌활했다.

"바빠서 틈이 없어요" 하고 부인이 모스카에게 말했다. "하지만 호위병 대기소로 나가겠어요."

"언제나 당신은 쓸데없이 비밀을 입에 올린다며 나

무라시지만, 에르네스토 5세가 왕좌에 오르게 된 것은 내 덕분이에요. 그래서 파브리스의 원수를 갚은 거예요. 내가 그 무렵에는 ——물론 언제나 결백하긴 했지만 ——지금보다 훨씬 더 그를 사랑하고 있었습니다. 결백했다고 말해도 별로 믿어주시지 않으리라는 것은 잘 알고 있어요. 하지만 그래도 어쨌든 좋아요. 뭔가 죄를 범하고 있어도, 당신은 나를 사랑해 주시는 걸요. 그래요, 이게 진짜 죄예요!——내가 파트라 페란테라는 사람에게 다이아몬드를 모두 넘겨주었어요. 파브리스를 독살시키려 하는 사람을 죽이게 만들려고 키스까지 해 주었어요. 뭐가 나빠요?"

"더욱이 당신은 호위병 대기소에게 그러한 이야기를 하는군요" 하고 백작이 약간 놀라며 말했다.

그 마지막 이야기가 멋있다.

"서두르고 있기 때문이에요" 하고 그녀는 말했다. "게다가 라시가 이 범죄를 추적하고 있어요. 물론 나는 반란을 일으키라는 따위의 말은 한 마디도 하지 않겠어요. 나는 자코뱅(과격당)을 무척 싫어하거든요. 이 점을 잘 생각하여, 연극이 끝난 다음에 의견을 들려주세요."

"지금 즉시 대답하겠어요" 하고 모스카는 침착하게 대답했다. "대공의 마음을 몰래 사로잡는 거예요. 대공을 열중시키는 겁니다. …… 그러나 적어도 명예만은 더럽히지 않도록 해요!"

무대에 나가라고 부르는 소리가 들리자, 공작 부인은 무대 뒤로 달려갔다. 파트라 페란테가 자신의 우상과 헤어지며 떠나는 대목은 훌륭한 묘사로 충만해 있는 이 작품 속에서도 가장 잘 그려져 있다. 그러나 우리는 중요한 장면, 이 소설에 최고의 지위를 안겨주는 장면, 즉 라시에 의해 만들어진 진술 서류를 소각하는 장면에 접근해 보자.

여관장은 그것을 라누치오 에르네스토 5세와 황태후로부터 손에 넣는다. 이 무서운 장면에서 공작 부인은 어떤 때는 스스로의 파멸을 느끼고, 또 어떤 때는 구제되었다고 생각한다. 왕비 율상[100]과도 같은 재능과 수완에 의해 통치하고 있다고 자만하고 있는 어머니와 아들의 변덕스러움에 끌려가고 있는 것이다.

이 장면은 겨우 8페이지 속에 묘사되어 있을 뿐이지만, 그러나 문학 예술작품 가운데 이와 비교할 수 있는 것은 없다. 이와 비교할 만한 소설은 하나도 없는 것이다. 이는 유일한 소설이다. 이에 대해 나는 아무런 할 말이 없다. 사실은 지적하는 것만으로도 만족한다. 공작 부인이 이긴 것이다. 그녀는 증거를 인멸하고, 모스카를 위해 파일까지 내놓았다. 모스카는 몇 명의 증인의 이름을 열거하며 외쳤다. "정말 녀석들은 거의 진실에 가깝게 진술하고 있군.”

라시는 절망했다. 대공이 파브리스의 소송의 재심을 명했다. 파브리스는 재상이 관할하고 있는 도시의 감옥에 자수하라는 모스카의 희망을 배반하고, 즉시 그의 그리운 성채로 되돌아갔다. 거기서는 그의 탈주에 의해 명예가 손상되었다고 생각하고 있는 사령관이 귀찮은 그를 제거하려고 대기하고 있다가, 엄중히 유폐시켜 버렸다. 시내의 감옥이면 모스카가 책임지고 그를 인수했을 테지만, 성채로 간 탓에 파브리스의 운명은 절망적이 되었다.

이 소식을 듣고 공작 부인은 큰 타격을 받았다. 그녀는 어리둥절하여 아무 말도 하지 않았다. 클레리아에 대한 사랑에 끌려 파브리스는 그 감옥으로 간 것이다. 죽음이 기다리고 있는 그 감옥으로. 그는 그 아가씨와의 순간적인 행복을 자신의 목숨으로 속죄하려는 것이다. 이렇게 생각하니 마음이 아파왔다. 파브리스에게 다가오고 있는 위험이 그녀를 견딜 수 없게 만들었다.

똑같은 위험은 이전에도 있었다. 그것은 특히 이 장면을 위해 마련된 것이 아니다. 이것이야말로 처음에 투옥되었을 때에 파브리스에 의해, 또 그의 탈주에 의해, 소송을 재심에 돌리라는 명령에 서명한 라시의 분노에 의해 불러일으켜진 여러 가지 정열의 결과다. 이처럼 작가는 가장 미세한 세부사항에 이르기까지 소설의 시적 법칙에 충실하게 따르고 있다. 법칙에 대한 이 정확한 준수라는 것은——그것이 계량이나 사색 혹은 교묘히 선택되고 잘 펼쳐져나간 주제의 자연스러운 발전 내지는 어느 특수한 재능 중 어느 것으로부터 생겨났든 간에——모든 위대하고 훌륭한 작품의 힘차고 영속적인 흥미의 원천이 되는 것이다.

모스카는 절망하여 젊은 대공에게 자신의 나라에서 죄수를 독살시키는 일이 이루어지고 있다고 믿도록 만들기란 불가능한 일임을 공작 부인에게 납득시킨다. 그리고 라시를 처치해 버리자고 제의한다.

"하지만" 하고 그는 입을 연다. "당신도 이미 알고 있을 테지만, 나는 해질녘이 되면 지금도 여전히 스페인에서 다소 경솔하게 총살시킨 두 명의 첩자를 생각해 낼 만큼 어리석은 사람이오."

"라시를 살려두는 것은" 하고 공작 부인이 대답했다. "내가 파브리스보다 당신을 더 사랑하고 있기 때문이에요. 둘이서 함께 노후를 보내려는 마당에 밤마다 언짢은 기분을 갖게 되기는 싫어요."

공작 부인은 성채로 달려갔다. 그리고 파브리스에게 위험이 다가오고 있음을 확인했다. 그녀는 대공을 찾아간다! 대공은 재상이 예언한 대로 아직 어린애였기 때문에 자신의 나라의 감옥 속에서 죄 없는 인간을 위협하고 있는 위험을 이해할 수 없었다. 대공은 자신의 명예가 손상되고, 자기 자신의 공평한 재판이 심판받게 되는 것을 원치 않았다. 마지막으로, 위험이 (독약이 주어진 것이다) 절박해지자 공작 부인은 파브리스를 해방시킨다는 사면장을 낚아채듯이 받아내고, 그 대신 이 젊은 대공의 여자가 되겠다는 약속을 주고받는다. 이 장면은 앞에서 말한 서류를 불태우는 대목 다음으로 독자적인 것이다. 그 서류를 불태웠을 때에는 지나에게는 그녀 자신의 일만이 문제였다. 그런데 지금은 파브리스가 문제인 것이다. 파브리스가 자유로워져 대주교직이나 다름없는 보좌대주교가 되고, 이어 그 후계자인 성직에 임명되면, 공작 부인은 딜레마에 빠진 상황에서 자신의 약속을 모면할 방법을 발견할 것이다. 아무튼 여자라는 것은 사랑을 느끼고 있지 않을 때에는 사람을 절망시키는 냉혹함으로써 언제나 그러한 것을 발견하는 법이다. 그녀는 마지막까지 위대한 성격을 유지하고 있다. 처음에 등장했을 때의 그녀에 대해서는 여러분이 이미 잘 알고 있다.

재상의 교체가 이루어진다. 모스카와 그의 부인은 파르므를 떠나고, 독신이 된 그와 공작 부인이 결혼한다. 그러나 일이 잘 풀려나가지 않는다. 그래서 대공은 1년 후에 모스카 백작과 백작 부인을 다시 불러들였다. 파브리스는 영광스런 대주교가 되어 있었다.

그리고 클레리아와 대주교인 파브리스의 연애가 묘사되어 있는데, 이는 그녀의 죽음과 그들의 귀여운 아이의 죽음, 그리고 대주교직을 사퇴한 파브리스의 은둔으로 이어진다. 파브리스는 의심할 나위도 없이 파르므의 수도원에서 오랫동안 괴로워하다 사망한다.

나는 이 결말을 몇 마디로 설명하고자 한다. 왜냐하면 훌륭하게 묘사되어 있음에도 불구하고, 이는 완결되었다기보다는 오히려 서둘러 끝을 맺은 것처럼 보이기 때문이다. 만일 소설의 결말도 그 서두와 마찬가지로 전개되어야 한다면, 어디서 이 소설을 완결지으면 좋을지를 알아내기는 어렵다. 도대체 신부神父의 연애는 드라마가 될 수 없는 것일까. 아니, 바로 클레리아와 보좌주교의 연애에 진실한 드라마가 있는 것이다. 이것이야말로 새로운 작품이 될 수 있다.

배일은 상세베리나를 묘사했을 때 어떤 여자 한 명을 머리에 떠올리고 있었던 게 아닐까? 나는 그러리라고 생각한다. 이러한 인간을 만드는 데는——대공이나 재상의 경우도 마찬가지지만——특정한 모델이 필요하다. 그녀는 밀라노나 로마나 나폴리 혹은 플로렌스에 실재하고 있던 사람이 아닐까. 나는 잘 알지 못한다. 그러나 상세베리나와 같은 여자들이 극소수이긴 해도 실재하고 있었음을, 그리고 나도 그러한 여자들과 만난 적이 있음을 마음 속 깊이 믿고 있다. 나는 또 작가가 그 모델을 과장하고 이상화했으리라고 생각한다. 이 작품은 아주 유사한 점을 피하려 하고 있지만, 우리는 B××공작 부인에게서 상세베리나 공작 부인의 몇몇 특징을 발견할 수 있다. 그녀는 밀라노 사람이 아니었던가. 그녀는 운명의 유위有爲 전변轉變을 견뎌냈으며, 발랄하고 재기가 넘치는 여자가 아니었던가.

여러분은 이제 이 웅장한 건축의 규모나 짜임새를 알고 있다. 어쨌든 내가 대충 안내하여 보여주었기 때문이다. 나의 간단한 분석은 매우 대담한 것이라는 점을 믿어주기 바란다. 왜냐하면 《파르므의 수도원》처럼 압축된 여러 가지 사건에 의해 짜맞추어진 소설에 대한 의견을 여러분에게 전달하고자 하는 데는 대담성이 필요하기 때문이다. 나의 분석이 설사 아무리 단조롭다 하더라도, 여러분에게 실물의 일단은 보여준 셈이다. 그러므로 여러분은 과연 나의 칭찬이 과장된 것이냐의 여부를 판단할 수 있을 것이다.

그러나 이 역동적인 건축물을 장식하고 있는 아름답고 화려한 여러 가지 조각彫刻에 대해 상세히 설명하고, 또한 이 건물을 장식하고 있는 많은 조상彫像이나 회화,

풍경, 부조浮彫 앞에 멈춰 서 있기는 어려운 일이다. 실은 나는 이러한 체험을 했다. 처음 읽었을 때는 아주 감탄했지만, 그래도 몇 가지의 결점을 발견했다. 두 번째 읽었을 때에는 너무 길다는 느낌이 사라지고, 그때까지는 너무 장황하고 산만하다고 여겨진 세부사항의 필여성을 분명히 알게 되었다.

이 점을 여러분에게 충분히 설명하기 위하여 나는 한 번 더 이 소설을 읽어보았다. 그런데 너무 열중한 나머지 이 아름다운 작품에 대하여 뜻밖에도 오랫동안 명상에 잠기게 되었다. 그리고 모든 것이 아주 잘 조화되어 있고, 자연적이라 할까 예술적이라 할까, 아무튼 하나의 완전을 향해 결합되어 있는 것처럼 생각되었다.

그렇지만 여기에는 다음에 지적하는 바와 같은 과오가 있다. 예술적인 관점에서라기보다는 오히려 모든 작가는 많은 사람들을 위해 자신이 해야 할 일을 알고 있어야 한다는 '희생' 의 관점에서 볼 때의 과오다.

처음 읽었을 때에 만일 내가 불명료함을 알아챘다면, 다른 많은 사람들도 그러한 인상을 가졌으리라고 생각한다. 이는 분명히 이 작품에는 '방법' 이 결여되어 있음을 의미하고 있다. 베일은 여러 가지 사건을 교묘하게 마치 그것이 일어났거나 혹은 일어나지 않으면 안 되었던 것처럼 배열했다. 그래서 사건의 배열이라는 면에서 그는 과오를 범한 것이다. 이는 자연에 있어서는 진실이지만 예술에 있어서는 그렇지 않은 주제를 다룰 때에 많은 작가들이 범하는 과오다. 풍경을 바라볼 때에 대예술가는 그것을 단지 충실하게 묘사하는 일을 피하는 법이다. 있는 그대로를 그리려 하기보다는 오히려 정신을 전달한다. 그래서 단순하고 소박하며, 꾸며낸 티가 나는 방식으로 이야기를 하지 않는 베일은 굳이 불명료하다고 여겨질 듯한 위험한 방법을 택하고 있다. 그 재능은 연구될 필요가 있지만, 알아채지 못한 채로 위험한 쪽으로 나아가고 있는 것이다.

그렇기 때문에 나는 이 소설의 '재미' 라는 면에서 볼 때, 작가가 워털루 전투의 웅장한 묘사에서부터 시작하고, 이에 선행되는 모든 일은 파브리스가 부상하여 플랑드르의 작은 마을에 숨을 때에 파브리스 자신이나 혹은 어느 다른 사람에 의해 설명되기를 간절히 바라고 있다. 그렇게 하면 이 작품은 틀림없이 경쾌한 소설이 될 것이다. 델 동고 부자父子나 밀라노에서의 자질구레한 생활 이야기만이 이 작품의 내용은 아니다. 드라마는 파르므에서 발전되고, 주요한 인물은 대공 부자父子, 모스카, 라시, 공작 부인, 파트라 페란테, 로도비코, 플레리아와 그녀의 아버지, 라베르시 부인, 지레티, 마리에터 등이다. 훌륭한 충고자이거나 솔직한 양식을 가진 친구라면, 작가에게 실제만큼 흥미롭게 여겨지지 않는 부분은 발전시키고 반대로 세밀하긴 해도 쓸모 없는 세부사항은 제거하도록 권했을 것이다. 이를테면 이 소설에서 브라네스의 이야기를 모두 제거해 버린다 해도 전혀 지장이 없을 것이다.

그러면 앞으로 나가자. 하지만 이 예술의 진정한 원리 위에 성립되어 있는 아름다운 작품에 양보하는 일은 하지 않도록 하자. 지배적인 법칙은 구성의 통일이라는 것이다. 이 통일이 순수한 관념 속에 있든 혹은 계획 속에 있든 간에, 이것이 없으면 혼란이 일어날 뿐이다. 그래서 그 표제와는 달리 이 소설은 모스카 백작 부부가 파르므로 돌아가고, 파브리스가 대주교 자리에 오르는 데서 끝나고 있다. 이 위대한 궁정 희극은 이제 완결된 것이다. 이 희극은 이전에 우리의 선구자들이 그들의 이야기의 결말에서 그랬던 것처럼 교묘히 종말을 고하고, 작가도 자신은 거기서 '교훈'을 묘사했다는 점을 충분히 느끼고 있는 것이다.

하지만 이러한 데서 다음과 같은 교훈을 끌어낼 수 있다. 즉 궁정에 접근하는 인간은 만일 그가 행복할 때에는 그 행복을 위태롭게 만들고, 또한 어떠한 경우에나 그의 미래는 한 시녀의 책략에 의해 지배된다는 점이다. 한편 미국 등의 공화국에서는 진지하게 거리의 상인들의 비위를 맞추고, 온종일 언짢은 기분에 싸여 지내며, 그들과 마찬가지로 바보가 되지 않으면 안 되는 것이다. 더욱이 그러한 나라에는 오페라가 없다.

만일 로마 교회의 홍의紅衣를 걸치고 주교의 관冠을 쓴 파브리스가 크레센티 후작 부인이 된 클레리아를 사랑한다면, 그리고 당신도 그러한 이야기를 쓴다면, 당신은 이 청년의 일생을 당신의 작품의 주제로 삼으려 할 것이다. 하지만 만일 당신이 파브리스의 생활을 묘사하려 하고, 또한 아주 지혜롭고 예민했다면 당신의 작품에 《파브리스》내지는 《19세기의 이탈리아 인》이라는 표제를 달아야 했을 것이다. 그러한 의도를 실현함에 있어 파브리스는 대공 부자나 상세베리나 공작 부인, 모스카, 파트라 페란테와 같은 전형적이며 시적이기도 한 인물들에 의해 은폐되어서는 안 된다. 파브리스는 당대의 젊은 이탈리아 인을 대표하고 있어야 했다. 이 청년을 드라마의 중심 인물로 삼기 위해서는 작가가 그에게 커다란 사상을 안겨주고 그를 주위의 재능있는 사람들보다 더 우월하게 만드는 그러한 감정을 부여하지 않으면 안 된다.

그러나 그에게는 이 감정이 결여되어 있었다. 실제로 감정은 재능과 똑같은 힘을 갖고 있다. 감정은 이해理解의 경쟁자다. 마치 행동이 사색의 적인 것처럼 말이다.

천재의 친구는 애정과 이해의 힘에 의해 그의 높이까지 자신을 높여갈 수 있다. 마음의 작용에 있어서는 범용한 인간이 가장 위대한 예술가보다 더 우월해지는 수도 있는 것이다. 그렇기 때문에 어리석은 인간을 사랑하는 여자들이 그것을 구실로 삼는다.

그러므로 드라마에 있어서는 예술가의 가장 교묘한 수단들 중 하나가 주위의 등장 인물들과 재능에 의해서는 경쟁할 수 없는 주인공을 감정의 힘을 빌려 우월하게 만드는 데 있다(베일은 바로 이러한 입장을 취하고 있다). 이러한 관점에서 말하면 파브리스의 역할은 꼭 개조할 필요가 있다. 가톨릭 주의의 천재야말로 그를 그 신성한 방식으로써《파르므의 수도원》으로 돌아가게끔 해야 한다. 더욱이 이 천재는 그에게 성총聖寵을 강요함으로써 점차 그를 압도해 버려야 했던 것이다. 그러나 이때 브라네스는 이 역할을 수행할 수 없었다. 왜냐하면 점성술 연구에 몰두하면서 동시에 가톨릭 교회의 성직자 노릇을 하기란 불가능한 일이기 때문이다. 따라서 이 소설은 더욱 길게 만들어지거나 더욱 짧게 만들어져야 했다.

아마도 이 서두의 장황함과 주제가 압축되고 다른 한 권의 작품이 다시 시작되고 있는 결말이 이 소설의 성공을 방해하고 있는 점이리라고 생각한다. 그러한 장애는 지금까지도 이미 있었던 것이다. 게다가 베일은 이 작품 속에서 그의 첫 작품을 알고 있는 사람들만이 알아챌 수 있는 약간의 반복을 보여주고 있다. 원래 그러한 사람들은 반드시 지식인이거나 까다로운 사람이다. 연애에서의 불행은 예술에서의 불행과 마찬가지로 말해버리면 되풀이되어서는 안 되는 것이다. 베일은 이 위대한 원리를 지키고 있다. 그것은 언제나 간결하며, 흔히 부득이하게 판단이 이루어진다. 스핑크스처럼 기묘한 모양을 하고 있지만, 그가 여기서는 다른 작품의 경우만큼 불가해하고 기묘해 보이지는 않는다. 그의 진정한 친구들은 이 점을 기뻐하는 것이다.

인간 묘사는 간결하다. 자신의 여러 인물들을 행동과 대화에 의해 묘사하는 베일에게 있어서는 몇 마디의 말만 사용하면 충분하다. 그는 서술하는 데 싫증을 느끼지 않고 드라마를 지향하며, 하나의 언어, 하나의 사상으로 달성하고 있다. 풍경 묘사는 데생이 약간 무취미하긴 하지만, 각 고장에 어울리도록 경쾌하게 묘사되어 있다. 그는 자신이 놓여 있는 한쪽 구석의 한 그루의 나무에도 무척 마음이 끌리고 있다. 그는 활동 무대를 둘러싸고 있는 알프스 산맥을 묘사해 보인다. 풍경 묘사는 완성되어 있다. 이 소설은 코모 호나 브리안타 호 주변을 헤매며 돌아다니고, 알프스와 제일 가까운 언덕을 따라 산책하고, 또한 롬바르디아 평원을 돌아다닌 적이 있는 여행자들에게는 특히 귀중한 작품이 될 것임에 틀림없다. 이 풍경들이 아름답게 표현되어 있고, 그 미려한 특징이 훌륭히 포착되어 있다. 마치 눈앞에 보이는 듯하다.

언어의 배열 측면에서 볼 때, 이 작품의 약점은 문체에 있다. 왜냐하면 성구成句를 뒷받침하고 있는 사상이 매우 프랑스 적이기 때문이다. 베일이 범하고 있는 과오는 순수히 문법적인 것이다. 그는 17세기의 작풍作風을 아무렇게나 다룸으로써 과오를 범하고 있다. 내가 인용한 문장은 그가 어떠한 성격의 과오를 범하여왔는가를 나타내고 있다. 어떤 때에는 동사의 시제가 불일치하고, 때로는 동사가 빠져 있다. 어떤 때는 '그것은', '그것을', '……', '바의' 따위의 말들이 독자를 피로하게 만들며, 프랑스 거리를 덜거덕거리는 마차를 타고 여행하는 듯한 인상을 준다. 상당히 거친 이러한 과오는 작업이 불충분함을 나타내고있다.

하지만 만일 프랑스 어가 사상 위에 칠해진 와니스(varnish)라고 한다면, 와니스로 아름다운 그림을 은폐하고 있는 사람들에 대해 관대하지 않으면 안 되는 것처럼, 와니스밖에 갖고 있지 않은 사람들에게 엄격해야 한다. 만일 베일의 내부에 이 와니스가 조금이라도 누렇게 변색되어 있는 데가 있거나 여기저기 벗겨진 데가 있다면, 적어도 거기서 논리의 법칙에 따라 추론되고 있는 일련의 사상을 발견할 수 있을 것이다. 긴 성구는 졸렬하게 짜맞추어져 있고, 짧은 성구에는 원숙한 맛이 없다. 그는 거의 작가가 아니었던 디드로의 작풍을 빌려 집필하고 있다. 그러나 구조는 웅장하며 강렬하다. 더욱이 사상이 독자적이고, 훌륭히 표현되어 있다. 하지만 이 시스템을 모방해서는 안 된다. 작가들이 자신이 심오한 사상가라고 자만하는 것은 너무 위험한 일이다.

　베일은 사상에 활기를 불어넣는 깊은 감각력에 의해 성공하고 있다. 이탈리아를 사랑하고 이탈리아를 연구하거나 혹은 이해하는 사람들은 모두 더할 나위 없는 기쁨을 느끼면서 《파르므의 수도원》을 읽을 것이다. 이 아름다운 나라의 정신이나 천재, 풍속, 영혼 등은 언제나 매혹적인 이 긴 드라마와 이 웅대한 벽화 속에 살아 있다. 이는 실로 교묘히 묘사되고 힘차게 채색되어 있기 때문에, 가장 성미가 까다롭고 가장 요구하는 바가 많은 사람들의 마음을 깊이 움직이며 만족시킨다. 상세베리나 부인은 진정한 이탈리아 여자다. 카를로 도르치[101]가 《시詩》의 유명한 서두에서, 아롤리[102]가 그의 《유디트》에서, 그리고 맘프리니 화랑에 있는 게르치노[103]가 《시빌랴》 속에서 각각 묘사한 것처럼, 그녀는 행복한 여자의 상像이다. 모스카를 통해 작가는 사랑에 사로잡힌 천재 정치가의 모습을 그려내고 있다. 이것이 조건 없는 사랑이라는 것이다(조건을 다는 게 크라리서의 결점이다). 이야말로 언제나 그 자신에게 어울리는 활동적인 사랑이다. 여러 사건 이상으로 강렬한 사랑. 여자들이 공상하고, 인생의 쓸모 없는 것에도 흥미를 불러일으키는 그 사랑이라는 것이다.

파브리스는——매우 서툴기는 하지만——전제주의를 공격하고 있는 현대의 젊은 이탈리아 인이다. 그의 내부에는 이 아름다운 나라의 공상력이 압축되어 있다. 그러나 이미 지적한 것처럼, 그에게 그 현직顯職에서 물러나게 하여 일생을 수도원에서 끝내게 만드는 그 지배적인 사상 혹은 감정이라는 것은 불충분하게 발전되고 있을 뿐이다.

이 작품에서는 남유럽에서의 연애라는 것을 놀라우리만큼 잘 설명하고 있다. 분명히 북유럽에서는 이러한 식으로 연애를 하지 않는다. 등장 인물이 모두 열광적으로 끓어오르는 피나 발랄한 육체, 힘찬 정신 등을 갖고 있다. 영국인이나 독일인, 러시아 인 등에게서는 찾아볼 수 없는 것이다. 이러한 나라들의 국민들이 똑같은 결과에 도달하려면, 이것저것 몽상하거나 계산하거나, 혼자 명상에 잠기거나 정신 없이 추리해 보거나, 몹시 울어서 임파선이 붓게 하지 않으면 안 된다. 이리하여 베일은 이 작품에 깊은 의의와 감정을 안겨주었던 것이다. 이 감정이 문학 작품의 생명을 보증하는 것이다. 그러나 불행히도 그것은 거의 연구를 필요로 하지 않는 전가轉家의 비법秘法이라 할 만한 것이다.

《파르므의 수도원》이 너무 빼어나고 높은 위치를 차지하고 있어 독자에게 궁정이나 국가, 국민 등에 관한 완전한 지식을 요구하기 때문에, 이러한 작품이 절대적인 침묵으로 맞아들여져도 나는 결코 놀라지 않는다. 이러한 운명은 비속함을 전혀 갖고 있지 않은 모든 작품들에서 흔히 볼 수 있는 것이다. 이러한 작품을 찬양하는 훌륭한 사람들이 천천히——더욱이 한 사람 한 사람이——투표를 하는 비밀 선거의 결과는 시일이 훨씬 경과한 후가 아니면 알 수 없다. 게다가 베일은 결코 어느 당파에 아양을 부리지 않으면서도, 잡지를 몹시 두려워하고 있는 것이다. 위대한 성격 때문인지 민감한 자존심 때문인지 그것은 알 수 없지만, 자신의 작품이 출판되면 그에 관한 소문을 듣지 않으려고 모습을 감추고서 250리나 멀리 떨어진 곳으로 떠나가 버리는 것이다. 그는 자신의 작품이 기사로 다루어지기를 바라지도 않으며, 문예 기자와의 교제도 하지 않는다. 그는 자신의 어느 작품이 출판되었을 때에나 그렇게 처신해

왔다.

나는 이러한 긍지를 가진 성격이나 이렇듯 민감한 자존심을 바람직한 것으로 생각한다. 만일 걸인의 경우가 허영된다 하더라도, 현대의 작가들이 칭찬받거나 기사로 다루어지도록 하려고 온갖 노력을 기울이고 있는 사실은 어느 누구도 변호할 수 없는 것이다. 이야말로 걸인 근성이며, 정신의 빈곤이다. 잊혀진 채 소멸된 걸작은 없다. 문사文士의 허언虛言이나 비위를 맞추는 일도 악서惡書에 생명을 불어넣어줄 수는 없다.

비평하는 용기 다음으로 찬양하는 용기가 필요하다. 확실히 이제 베일의 업적은 올바로 칭찬받아야 한다. 현대는 그로부터 힘입는 바가 크다. 음악의 최고 천재인 그 아름다운 가락의 로시니[104]를 우리에게 알려준 사람이 그 아니었던가. 그는 프랑스가 이전에 자신의 것으로 삼을 수 없었던 이 '영광'을 언제나 변호해 왔다. 이번에는 우리가 누구보다도 이탈리아를 잘 알고 있는 이 작가를, 이탈리아를 비방했다는 이유로 그 지배자들에게 복수를 하고 더욱이 이토록 훌륭히 이탈리아의 정신과 그 천재를 그려낸 이 작가를 변호해 주어야 한다.

나는 지난 12년 동안에 베일과는 주교계에서 두 번 만났다. 그 후 이탈리아의 산책로에서 만났을 때, 나는 《파르므의 수도원》에 대한 찬사를 보냈다. 언제나 그는 그 작품에 대한 나의 의견을 부정한 적이 없었다. 그의 이야기하는 태도에서는 대체로 샤를 노디에나 라토쉬[105] 등이 갖고 있는 그러한 기지와 우아함이 느껴졌다. 그의 어조는 라토쉬처럼 무척 매력적이었다. 몸은 매우 비대했지만, 얼핏 보기에 그 단아하고 섬세한 작풍과는 어울리지 않았다. 하지만 그는 이내 호프만의 친구인 독트르 코레프처럼, 그러한 점을 잊어버리게 만드는 것이다. 그의 이마는 미려하고, 시선은 맑고 날카로우며, 입가에는 냉소를 띠고 있다. 요컨대 그는 전적으로 그의 재능에 어울리는 모습을 하고 있었던 것이다. 그는 대화 속에 그 수수께끼 같은 기묘한 표현법을 도입하고 있는데, 그것은 이미 베일이라는 빛나는 이름에 어울리는 것이 아니라, 나중에 코트네라든지 혹은 프레데릭이라는 이름으로 불리기에 적합한 것이다.

소문에 의하면, 그는 나폴레옹이 가장 신뢰하는 부하들 중 한 사람인 그 유명한 활동가 다류의 조카라고 한다. 베일이 황제를 섬긴 것은 자연스런 일이다. 당연한 일이지만 1815년에 그의 경력은 중단되었다. 그는 베를린으로부터 밀라노로 옮아갔다. 북유럽의 생활과 남유럽의 생활의 선명한 대조가 그의 마음을 감동시켰다. 이 작가가 출현한 의미는 여기에 있다. 베일은 현대의 훌륭한 인물들 중의 한 사람이다.

이 제일류의 관찰자가——그리고 문장과 언어에 의해 그 고귀한 관념과 광대한 실천적 지혜를 증명한 이 용기 있는 외교관이——왜 치비타 베키아의 한 영사領事가 되지 않으면 안 되었는가를 설명하기는 어려운 일이다. 누구든 간에 로마에서 프랑스를 대표하기에 그만큼 적합한 사람은 없을 것이다. 메리메는 오래 전부터 그를 알고 있고, 서로 비슷한 데도 있다. 하지만 베일은 메리메 이상으로 온화하고 담백하며 상냥하다. 그의 작품은 수가 많으며, 세밀한 관찰과 풍부한 사상에 의해 빼어난 작품 세계를 보여주고 있다. 그 작품들은 거의 모두 이탈리아와 관련되어 있다.

그는 그 무서운 첸치[106]의 소송 사건을 처음으로 정확히 연구한 사람이다. 그 사형 집행의 여러 원인은 충분히 설명되어 있지 않지만, 이 집행은 이욕利慾에 의해 강요되고, 도당徒黨에 의해 이성을 잃고 눈이 뒤집혀 소송과는 관계 없이 이루어진 것이다.

그의 저서인 《연애론》은 세낭쿠르의 저작보다 훌륭한 책이다. 그러나 이 책에서도 이미 말한 것처럼 《파르므의 수도원》에서와 같이 그 방법의 결여라는 약점이 있다. 그는 이 작은 논문 속에서 이 감정이 생겨나는 현상을 설명하기 위해 '결정結晶'이라는 말을 굳이 사용하고 있다. 이 말을 사람들은 야유의 의미를 포함시켜 사용하고 있지만, 그러나 이 말은 그 깊은 정확성 때문에 여전히 세상에 남아 있는 것이다.

베일은 1817년 이후부터 집필을 해오고 있다. 처음에는 약간 자유주의적인 경향을 보였지만, 나는 이 위대한 명찰자明察者가 양원兩院 제도를 채택한 정부의 우열愚劣함을 여전히 인정하고 있는 점을 의심하는 것이다. 《파르므의 수도원》에는 깊은 의미가 감추어져 있다. 그러나 분명히 그것은 전제 군주와 모순되는 것은 아니다. 그는 자신이 사랑하고 있는 것마저 조소한다. 그는 프랑스 인인 것이다.

샤토브리앙은 《아탈라》 제11쇄의 서문에서 이전의 판에 비해 많이 개정되었다고 말하고 있다. 그만큼 그는 정정訂正을 한 것이다. 드 메스트르[107]는 《아오스토 골짜기의 나병환자》를 17번이나 고쳐썼다고 고백하고 있다. 나는 베일도 《파르므의 수도원》의 조탁彫琢과 개작改作에 착수하여, 샤토브리앙이나 드 메스트르가 그들의 사랑하는 저작에 부여한 것과 같은 그 완전한 표현과 비난받을 여지가 없는 미美의 징표를 새겨주기를 희망하는 바다.

□ 옮긴이 주

1) 쿠쟁(1792~1867) : 프랑스의 철학자. 이른바 프랑스 절충파의 중심 인물. 18세기의 철학 정신에 반항하여 유심론을 전개했다. 파스칼의 《팡세》의 권위 있는 연구자이며, 1670년의 포르 루아얄판版 이후의 여러 판을 개정하기 위해 아카데미에서 새로이 연구할 필요가 있다고 역설했다. 《17세기의 프랑스 사회》《진선미眞善美에 대하여》 등의 저작이 있으며, 체르 내각의 교육부 장관을 지냈다.

2) 월터 스콧(1771~1832) : 스코틀랜드의 소설가. 《아이반호》나 《청교도》 등은 우리나라에도 잘 알려져 있으며, 이밖에 《로브 로이》《케닐워스》 등의 작품이 있다. 스콧은 프랑스의 낭만주의 문학에 특히 깊은 영향을 미쳤다. 그의 역사 소설에 고무된 위고는 《노트르담 드 파리》를, 비니는 《생마르》를, 메리메는 《샤를 9세 치세의 연대기》를, 알렉상드르 뒤미는 《삼총사》를 각각 펴냈다.

3) 빅토르 위고(1802~1885) : 브장송에서 태어났지만, 나폴레옹 휘하의 장군인 아버지를 따라다니며 소년시절을 스페인과 이탈리아에서 보냈다. 희곡 《에르나니》(1830)의 상연으로 명성을 얻고, 장중한 이미지와 풍부한 각운脚韻 및 풍부한 감각적 표현에 의해 순식간에 신낭만파의 지도자가 되었다. 《서정시집》《동방東方시집》《가을 나뭇잎》《마음의 소리》《빛과 그림자》 등의 시집이 있다. 나중에 아카

데미 회원(1841)이 되고, 상원의원이 되었다. 혁명 후(1848)에 헌법의회의원이 되어 웅변으로 자유를 옹호하는 의원으로 활약했다. 1851년 12월 2일에 쿠데타가 일어나자, 파리에서 도망쳐 나폴레옹 3세의 정적政敵으로서 1870년 9월 4일까지 망명 생활을 계속했다. 사망 후에는 그 세기 최대의 인물들 중 한 사람으로서 판테온에 묻혔다. 《노트르담 드 파리》나 《레 미제라블》의 작가로서 우리에게 친숙하다. 발자크의 친구였다.

4) 루벤스(1577~1640) : 플랑드르의 화가. 인체 묘사를 주로 하는 근대적 경향에 커다란 영향을 미쳤다. 안트베르펜에서 그림을 배우고, 1600년에 이탈리아로 가서 빈센초 곤차가 공公의 총애를 받으며 9년 동안 머물러 있었다. 고국에 돌아온 후부터 궁정 화가로서 《십자가에서 내려지는 그리스도》《그리스도》 등을 그렸다. 쾌락주의적인 경향이 강하며, 《세 여인》 등이 대표작이다. 굉장한 정력가로서, 현존하는 작품이 수천 개에 이르며 안트베르펜, 브뤼셀, 드레스덴의 미술관, 런던의 내셔널 갤러리, 뮌헨의 알테 피나코티크, 빈의 제실帝室 화랑, 루브르의 루벤스 실室 등에 많은 작품이 있다.

5) 라파엘로(1483~1520) : 우르비노에서 태어났으며, 아버지는 화가. 1500년 무렵부터 페루지노의 조수가 되었다. 그의 작품 《마리아의 결혼》은 이 스승의 작품을 모방한 것

으로 알려져 있다. 나중에 프로렌스로 가서 레오나르도 다 빈치, 미켈란젤로, 프라 바르톨로메오 등의 영향을 받았는데, 《아름다운 화원의 여자》나 《그리스도의 매장埋葬》 등이 당시그의 뛰어난 작품들이다. 1508년에 교황인 율리우스 2세의 초청을 받아 로마로 가서, 유명한 《예루살렘 궁전으로부터 리오도르가 추방되는 그림》을 그렸다. 필세筆勢가 힘차고 극적이다. 급격한 동요 가운데서도 평온한 분위기를 잃지 않고 있다. 1513년부터 1519년에 걸쳐 바티칸 궁전의 복도에 성서 이야기를 그렸다. 이는 《라파엘로의 성서》라고 불리고 있다. 《시스티나의 마돈나》나 《성모자聖母子와 요한》《성가족》《그리스도의 변모》 등이 일반에 잘 알려져 있다.

6) 알프레 드 뮈세(1810~1857) : 파리 태생의 시인. 당대의 가장 완전하고 전형적인 인물들 중 한 사람. 몰락해가고 있던 귀족 출신인 뮈세의 모습에서 우리는 감동하기 쉽고, 피로하여 지쳐버리고, 냉소적이고, 프랑스 적인 바이런의 모습을 읽는다. 처녀 시집은 《에스파냐와 이탈리아 이야기》《밤의 노래》《로라》《제1시집》 등이 비교적 잘 알려져 있다. 나중에 낭만주의와 결별하고 고전주의로 복귀, 극작가로서도 성공했다. 《변덕쟁이 마리안》《로렌자치오》《장난으로 연애하지는 않으리》 등이 잘 알려져 있다.

7) 메리메(1803~1870) : 단편 소설 작가, 고고학자, 또한

언어학자로 알려져 있다. 우리나라에도 《카르멘》이 잘 알려져 있다. 그 밖에 《콜롱바》《에트루리아의 항아리》《다망고》 등이 있다. 작품이 흔히 이국적이고 낭만주의적인 냄새가 강하지만 수법은 간결하다. 그 무감동성無感動性에 고전주의자로서의 면모가 드러나 있다. 러시아 문학의 소개자로서도 훌륭한 업적을 남겼다.

8) 레온 고슬랑(1803~1866) : 마르세유 태생의 문학자이며, 발자크의 친구.

9) 베랑제(1780~1857) : 파리 태생의 속요俗謠 작가. 처음에는 쾌락주의자였지만, 이어 애국자가 되고, 정치가가 되었다. 그의 속요는 당시 파리 시민들 사이에서 대단한 인기가 있었으며, 발자크도 《사촌 누이동생 베트》 속에서 크루벨로 하여금, "이봐, 베랑제의 숭배자이고 리제트의 친구이며 볼테르와 루소의 아들인 나에게 말야"라고 말하게 하고 있다.

10) 도라비뉴(1793~1843) : 아브르 태생의 서정시인. 극작가로서도 성공했다. 《시칠리아의 밤의 기도》《루이11세》《에드바르의 어린아이》 등의 작품이 있다. 시집으로는 《메세니아의 여자들》 등이 있다.

11) 프랑쉬(1808~1857) : 파리 태생의 문예 비평가. 예리함과 독단적 견해가 담겨진 비평으로 문단의 인정을 받았다. 발자크의 친구들 중 한 사람으로서, 발자크가 《크로니

크 드 파리》지의 편집장이 되었을 때, 문예 평론 담당자로
서 많은 지원을 아끼지 않았다.

　12) 지라르당 부인(1804~1855) : 에 라 세파르 태생이며,
‘델피느 게이’라 불리고, 여류 작가로 이름이 나 있었다.
나중에《라 모드》지紙와《라 프레스》지를 발간하고 그 사
장이 된 에밀 드 지라드당의 부인이 되었다. 부인이 발자
크의 숭배자였고, 발자크의 두 신문에 기고를 하고 있었기
때문에, 두 사람의 관계는 매우 친밀했다. 그는 유명한 ‘발
자크의 지팡이’를 제목으로 삼은《발자크 씨의 지팡이》라
는 소설을 썼다.

　13) 알퐁스 칼(1808~1890) : 파리 태생의 풍자 소설가.
《보리수 밑에서》와 같은 재치 있고 멋있는 소설을 썼다.
프랑쉬 등과 함께《크로니크 드 파리》지의 집필 담당자로
서 발자크를 도운 친구다.

　14) 샤를 노디에(1780~1844) : 브장송 태생의 낭만파 작
가. 나폴레옹을 공격하는 짧은 시를 쓰고 수개월 동안 감
옥에 들어가 있었다. 18세 때에 조숙한 언어학자 및 박물
학자로서 프랑스어의 의성사擬聲詞에 관한 책을 펴냈다.
《살즈부르의 화가畵家》나《장 스보가르》등이 잘 알려져 있
지만, 그의 환상 소설들 중 가장 빼어난 것은——브란데스
도 지적하고 있는 것처럼——《빵조각의 마녀魔女》일 것이
다. 1824년 이후로 위고, 뒤마, 라마르틴, 생트 뵈브, 뮈세,

비니 등의 청년 작가들은 일요일 밤마다 파리 교외의 아르날 도서관 부근에 있는 그의 조그마한 살롱에 모여 낭만주의의 기염을 토했다. 프랑스인들은 노디에의 살롱을 '낭만주의의 궁전' 이라 부르고 있다. 발자크의 친구.

15) 앙리 모니에(1805~1877) : 파리 태생의 풍자 소설가. '조제프 푸르동' 이라는 유명한 형식을 만들었다.

16) 볼테르(1694~1778) : 파리 태생의 18세기 최대의 앙시클로페디스트(백과사전 편찬가). 그가 지은 문학 작품도 많으며, 다방면에 걸쳐 있다.《자이르》《메로프》와 같은 비극,《캉디드》《자디그》와 같은 소설,《앙리아드》《풍토누아의 노래》와 같은 사시史詩,《샤를 12세의 역사》《루이 14세 시대》와 같은 역사서,《철학적 서간書簡》《철학 사전》 등과 같은 논문 따위가 있다. 문학과 사회에 미친 그의 영향은 대단하다. 발자크는 기질적으로도 그와 친근감을 느끼고 있었기 때문에 볼테르를 선각자로서 무척 존경하고 있었다.《인간 희극》 속에서 그의 이름이 자주 발견된다.

17) 라마르틴(1790~1869) : 마콩 태생의 시인이며 정치가. 주요한 작품으로 《명상 시집》《종교와 시詩의 하모니》《천사天使 실추失墜》《조스랑》 등이 있고, 특히《차일드 해롤드의 제5가곡》이 유명하다. 창백한 고뇌와 병적인 열정이 라마르틴의 특징이다. 나중에 아카데미 회원(1830)이 되고, 하원의원 및 임시 정부의 장관이 되었다.

18) 샤토브리앙(1768~1848) : 생말로 태생의 문학자이며 정치가. 미국으로 건너갔다가 대혁명 때에 고국에 돌아왔다. 나중에 나폴레옹과 뜻이 맞지 않아 영국으로 건너갔다가 1800년에 다시 프랑스로 돌아왔다. 왕정 복고에 의해 런던 주재 대사가 되고, 나중에 외무장관이 되었다. 18세기 철학에 반대하는 사람으로서, 기독교에 내재하는 시적인 아름다움을 옹호했다. 강렬한 자아, 사회에 대한 저주, 고독, 권태(ennui) 등이 그의 시의 특색으로 여겨지고 있으며,《기독교의 정수精髓》《아타라》《르네》《이탈리아 기행문》《파리로부터 성도聖都로》등이 대표작이다.

19) 바랑쉬(1776~1847) : 리용 태생의 신비주의적인 작가. 레카미에 부인과의 친밀한 우정으로 유명하며,《사회적 신생新生에 대하여》등의 저서가 있다.

20) 오베르망 : 세낭쿠르(뒤에 나온다)가 1804년에 발표힌 소설《오베르망》의 주인공 이름.

21) 오귀스트 바르비에(1805~1882) : 파리 태생의 시인. 시상詩想은 격렬했지만 약간 균형이 잡히지 않는 데가 있었다.《풍자시》의 작가.

22) 테오필 고티에(1811~1872) : 타르브 태생의 시인이며 비평가. 그림 공부를 했으나 나중에 문학으로 전향. 그의 시詩도 회화적繪畵的이라고 한다. 그의 시는 갖가지 색깔의 모자이크를 연상시킨다. 시집《나전螺鈿과 칠보七寶》는 파

르나시앵(고답파)의 성서聖書로 여겨졌다. 비평가로서는 '예술을 위한 예술'을 주장. 그의《낭만주의의 역사》는 오늘날에도 많이 읽히고 있다. 발자크에게 있어 그를 존경하는 친구이며, 둘도 없는 협력자. 발자크도 이 시인을 마음으로부터 사랑하고 지지했으며, 샹플뢰에게 "이 파리에서 진정으로 자신의 언어에 숙달한 사람은 위고와 고티에와 나 세 사람뿐"이라고 말했다고 한다.

23) 생트 뵈브(1804~1869) : 볼로뉴 쉬르 메르에서 태어난 근대의 대비평가. 문단에는 시집《조제프 들도름》으로 데뷔했으며,《애욕愛慾》등의 소설도 썼지만, 비평 분야에서 주로 활약했다.《문학적 초상》《포르 루아얄》《월요 한담閑談》등이 유명하다. 문단에서는 언제나 발자크와 대립하여 격렬한 논쟁을 벌였다. 직각력이 풍부하고 날카로우며, 치밀한 그의 비평은 현대 문학에도 깊은 영향을 미치고 있다.

24) 세낭쿠르(1770~1846) : 파리 태생의 서정시인.《오베르만》의 작가다. 페시미스트로서, 시풍詩風에 어두운 그림자를 드리우고 있다.

25) 드 비니(1797~1863) : 로슈 태생의 상징적 서정시인이며 소설가.《고금古今 시집》《정명定命》《한 시인의 일기》등의 작품이 있으며, 소설로는 장편인 《생마르》《스텔로》《군대와 위대한 복종》등이 있다. 그의 시에는 비관주의의

색채가 농후하다. 발자크는 비니를 아주 싫어했다.

26) 장 자크 루소(1712~1778) : 제네바에서 태어났으며,《사회계약론》《신新 엘로이즈》《에밀》《참회록》 등의 저자. 문명을 저주하고,《과학과 예술에 대하여》나《인간 불평등 기원론》 등에서는 자연으로 돌아갈 것을 주장했다. 자연스런 생활, 전원적이고 청정무구淸淨無垢한 생활이 그의 이상이었다.《고독한 산책자의 꿈》에 나오는 생피에르 섬의 묘사나《신엘로이즈》에서의 호심湖心의 감회 등을 읽어보면, 그의 마음 속에서 자연이 어떠한 위치를 차지하고 있는지를 분명히 알 수 있다. 강렬한 자아의 감정과 그 서정 정신을 추구함으로써 낭만파의 선구자가 되었다.

27) 베르나르댕 드 생피에르(1737~1814) : 루소의 사상을 조술祖述한 사람이다. 샤토브리앙도 베르나르댕에게 힘입은 바가 크다고 한다. 폐허, 무덤 등을 노래했으며, 그의《자연 연구》는 한 편의 시詩다. 서정적인 풍경화가로서의 재능은 높이 평가받을 만하다. 그의 작품《폴과 비르지니》는 비교적 많이 읽히고 있다.

28) 라 퐁텐(1621~1695) : 샤토 티에리 태생이며, 그의《우화寓話시집》은 오늘날에도 전 세계에서 널리 읽혀지고 있다. 브왈로, 라신, 몰리에르 등의 친구.《우화시집》의 제1권은 47세 때, 제2권은 58세 때에 간행되었다. 이는 주목할 만한 점이다. '우화'는 중세 시대부터 있었지만,《우화

시집》은 자연시인인 그의 완전한 독창적인 작품이다. 그의 사상에 있어서는 루소의 경우와 마찬가지로 논의의 여지가 있지만, 그러나 그의 자연 관찰이 특이했다는 점을 의심하는 이는 하나도 없다. 텐은 라 퐁텐과 발자크의 기질적인 친근성을 논하고 있다.

29) 앙드레 셰니에(1762~1794) : 콘스탄티노플에서 '산치로마카' 라고 불린 아름다운 그리스인 어머니와 터키 주재 프랑스 영사였던 아버지 사이에서 태어났다. 20세 때에 육군 소위가 되어 스트라스부르의 부대에 들어갔다. 이어 제대하고 2년 동안 이탈리아를 여행하면서 국민 시인인 알피에리와 친밀해졌다. 프랑스 대혁명 당시에는 대사관원으로서 런던에 있었는데, 혁명에 열광하여 파리로 되돌아와 공포 정치의 소용돌이 속에 말려들었으며, 자유를 내세우는 당파에 반역하고 루이 18세의 옹호자가 되었다. 나중에 반혁명 분자로서 유죄 선고를 받은 어느 부인을 구하려다 자신이 생라자르 감옥에 갇히게 되었고, 1794년 11월 7일 밤에 단두대의 이슬로 사라졌다. 실로 낭만파 시인의 선구자다운 생애다. 그는 형장으로 운반되는 이륜 마차 위에서 자신의 이마를 두드리며, "바로 여기에 무엇인가가 깃들여 있는데!" 라고 말했다고 한다. 발자크는 셰니에를 숭배했으며, 청년 시절에도 가족들에게 늘 그런 말을 했다. 《환멸》 등의 작품에 셰니에의 이름이 흔히 나오고 있다. 사망한

지 20년 만에 그의 시집이 간행되면서 낭만파 운동이 시작
되었다.《젊은 포로》《맹목》《젊은 재능》등이 대표작.

30) 라신(1639~1699) : 라페르테 밀롱에서 태어난 진정
한 비극 시인. 어린 시절에 수도원인 포르 루아얄의 학생
이었다.《브리타니키스》《앙드로마크》《베레니스》《알렉상
드르》《에스테르》《아탈리》등의 걸작을 많이 발표했다.

31) 보마르셰(1732~1799) : 파리에서 태어났으며,《세빌랴
의 이발사》와《피가로의 결혼》의 저자다. 이 2편의 희극은
연극사상 중요한 의미를 지니지만, 문학사적으로 봐도 의
미있는 것이다. 그 까닭은 볼테르의 정신이 이미 민중의
생활 속으로 스며들어 루소나 디드로 등의 사상과 기이하
게 결부되면서 하나의 커다란 사회적 세력이 되어 있는 사
실을 무엇보다도 잘 이야기해 주고 있기 때문이다.《피가
로의 결혼》은 1781년에 처음으로 배우들에 의해 예행 연습
이 이루어졌지만, 그 후 3년 동안 왕으로부터 상연 금지 지
시가 내려졌으며, 일단 공연되자 실로 굉장한 소동을 불러
일으켰다.

32) 몰리에르(1622~1673) : 파리에서 태어났으며,《여학
자女學者》《타르튀프》《인간 혐오자》《돈 주앙》《우울한 사나
이》《수전노》《사이비 재녀才女》《사기꾼 스카팽》《조르주 댕
댕》등의 저자. 발자크는 이 몰리에르를 자신의 대선배로
여겨 열심히 연구했다. 우리는《인간 희극》속에서 몰리에

르의 이름을 흔히 찾아볼 수 있다.

33) 스탈 부인(1766~1817) : 유명한 재정가財政家인 네케르의 딸로서 파리에서 태어났다. 《코린》《델핀》《독일론》 등에 의해 일반 사람들에게 친숙해져 있다. 샤토브리앙을 낭만주의의 '아버지'라고 한다면, 필경 그녀는 낭만주의의 '어머니'라 할 만한 지위를 차지하고 있다. 나폴레옹과 뜻이 맞지 않아 추방당했다. 이 사실만 봐도 그녀가 얼마나 정치적으로 유력한 존재였는지를 알 수 있다. 자유주의자인 이 여성은 천성적으로 루소 풍의 감정을 풍부히 지니고 있고,《문학론》이나《독일론》 등에서 볼 수 있는 바와 같이 일종의 세계주의적 경향을 나타내고 있었다.

34) 쿠퍼(1789~1851) : 미국의 작가. 아메리칸 인디언을 제재題材로 삼은《모히칸 족의 최후》 등의 모험 소설이 많다. 발자크는 이 소설들을 열심히 애독했다.《사슴 가죽》 등의 발자크의 소설 속에서 쿠퍼의 이름을 흔히 찾아볼 수 있다.

35) 조르주 상드(1804~1876) : 파리 태생의 여류 작가. 《악마의 심연》《앙투완 씨의 죄》《푸치트 파디트》《프랑스 유람의 벗》 등의 작품이 있다. 발자크의 친구. 초기의 소설들에는 서정적인 경향이 두드러지게 나타나 있다. 이윽고 사회 소설, 전원 소설 쪽으로 옮아갔다. 겉으로 보기에는 매우 사회적이었지만 결국은 서사시인이 아니었기 때문

에, 그의 시에서 인생의 문제를 아무리 논의해 봐도 공상적이어서 오늘날에는 위태롭다는 느낌을 갖게 한다.

36) 플라톤(B.C.429~347) : 그리스의 철학자.《크리톤》《페도르》《향연》 등을 통해 우리에게도 친숙해져 있다.

37) 마키아벨리(1469~1527) : 르네상스 시대의 이탈리아의 정치가이며 역사가. 권모술수주의를 의미하는 이른바 마키아벨리즘의 원조. 발자크는《암흑 속의 사건》 등에서 이 마키아벨리즘의 소설적 실험을 시도하고 있다.

38) 스베덴보리(1688~1772) : 스웨덴의 스톡홀름 태생. 대신비주의자이며 자연과학자. 발자크의 어머니나 발자크도 스베덴보리에게 매우 심취해 있었다.《루이 람베르》《세라피타》《인간 희극》 등의 작품 속에 그의 이름이 자주 나온다. 자연과학자로서는 데카르트의 우주 생성설에 '변경'을 가하여 독특한 와동설渦動說을 만들어냈고, 태양의 흑점에 의해 '새 별'의 출현을 설명하는 탁월한 가설을 제시했다. 이에 대해서는 스반테 알레니우스가《역사적으로 본 과학적 우주관의 변천》에서 상세히 설명하고 있다.

39) 유제느(1663~1736) : 파리에서 태어났으며, '유제느 드 사바 공작'으로 알려져 있다. 제국 전쟁 시대의 가장 유명한 장군들 중 한 사람이다.

40) 몬테스팡 부인(1641~1707) : 톤네 셔란트의 성채에서 태어나, 후작 부인이 되었다. 루이 14세의 총애를 받은 여성.

41) 카트린 드 메디시스(1519~1589) : 이탈리아 플로렌스에서 태어났으며, 앙리 2세의 비妃가 되고, 프랑수아 2세와 샤를 9세 및 앙리 3세의 어머니가 되었다. 염치심廉恥心이 없고 권모 술수에 능하며, 오직 분열이나 반목을 획책하며, 신교도와 가톨릭교도의 세력 균형을 꾀함으로써 지배하려 했다. '성 바돌로매 대학살'의 원흉이다. 발자크의 작품 중에 같은 이름의 장편 소설이 있다.

42) 예카테리나 2세(1729~1796) : 독일 스테치니에서 태어났다. 남편인 표트르 3세를 로프시에서 암살하고 스스로 제위에 올라, 1762년부터 1796년까지 사가史家들이 말하는 이른바 '영광스럽고 찬연한 통치'를 계속했다. 전제주의자였지만 미인이었다. 소집된 대의사代義士들에게 돌리기 위해 몽테스키외 풍의 〈교서敎書〉를 스스로 작성하고, 볼테르나 디드로 등의 위대한 철학자 및 문학자들과 서신을 교환하고 있었다. 월간 잡지를 간행하게 하고, 대학을 창설하고, 대사전을 편찬하게 하기도 했다. 이리하여 이 '로마노프 가家의 암살자'는 문명의 옹호자임을 자처하고, 시인 데르자빈, 《여단장旅團長》의 작가 폰비진, 러시아 최초의 철학자 노비코프, 《상트 페테르부르크로부터 모스크바로의 여행》의 저자 라지세프 등을 배출했다. 품행은 오만 방자하기 이를 데 없었다.

43) 메테르니히(1773~1859) : 코블렌츠 태생의 오스트리

아 대정치가. 나폴레옹과 마리 루이즈의 결혼이 이루어지
도록 교량 역할을 했다. 제정帝政 몰락 이후에는 신성神聖 동
맹을 성립시켜 유럽의 지배자가 되고, 빈에서 절대제絶對制
유지를 위해 노력했다.

44) 쇼와즐(1719~1785) : 루이 15세를 섬기며, 1758년부
터 1770년까지 외무 대신으로서 활약했다. '7년 전쟁' 때
문에 입은 타격으로부터 프랑스의 국력을 만회하기 위해
재능과 기량을 발휘했다.

45) 포촘킨(1736~1791) : 그레고리 알렉산드로비치. 스몰
렌스크 태생. 러시아의 원수元帥이며 예카테리나 2세의 애
인이었다.

46) 디드로(1713~1783) : 랑그르에서 태어났으며, 18세기
의 프랑스 앙시클로페디스트의 대표자들 중 한 사람.《달
랑베르와의 대화》나《라모의 조카》《연극론》등에 의해 우
리에게 친숙하다.

47) 라발리엘 부인(1644~1710) : 루이즈 드라봄 르 드랑.
투르에서 태어났으며, 공작 부인겸 루이 14세의 애첩이 되
었다. 만년을 갈멜파 수도회의 수녀원에서 보냈다.

48) 단테(1265~1321) : 이탈리아 최대의 시인. 플로렌스
에서 태어났으며,《신생新生》이나《신곡神曲》은 우리나라에
서도 일반적으로 읽히고 있다.

49) 페트라르카(1304~1374) : 아레초에서 태어났으며, 박

학博學의 인물로서 역사가이고 고고학자다. 고대 문서를 열심히 섭렵했으며, 르네상스의 위대한 휴머니스트들 중 최초의 인물이다. 하지만 소네트나 칸초네 등을 지은 민중 시인으로 더욱 잘 알려져 있다.

50) 레오 10세(1475~1521) : 잔 데 메디치. 1513년부터 1521년까지의 교황. 고대 예술 작품의 열렬한 찬미자로서, 예술가나 문학자, 과학자 등을 옹호한 당대의 빼어난 인물이다. 그러나 그의 교황 재위 기간 중에 루터의 종교 개혁이 일어났다. 그는 프랑수아 1세와 1516년에 화친 조약을 맺었다.

51) 몬티(1754~1828) : 빈센초. 서사 시인이며 극작가. 오르타초에서 태어났다.

52) 로바르데몽(1590~1653) : 장 마르땡. 보르도 태생. 참사원參事院 의원이며 사법관이었다.

53) 후셰(1759~1820) : 낭트 근교에서 태어났으며, 제정 시대에 경무警務 대신이 되고, 오트랑트 공작이 되었다. 현직에 있으면서 영국에 망명중인 부르봉 가家와 더불어 음모를 꾸밈으로써 나폴레옹을 배반했다. 루이 18세 즉위 후에 총리 대신이 되었다. 발자크는《암흑 속의 사건》의 제3장 〈후셰의 음모〉 등에서 그를 곧잘 기괴한 인물로 만들고 있다. 마키아벨리즘이란 이 사나이를 위해 마키아벨리가 고안해준 말이라고 평하고 있다. 트리에스테에서 사망했

다. "재능은 완벽하지만, 봉상(bon sens, 양식)이 약간 부족하다. 덕德이라곤 눈곱만큼도 없다"라고 프랑스 인들은 말하고 있다.

54) 푸키에 탄빌(1746~1795) : 엘리에르 태생이며, 혁명 재판의 고발자. 공포 시대에 단두대에 수많은 사람을 공급했다. 스스로도 단두대의 이슬로 사라졌다.

55) 메를랑(1754~1838) : 필리프 오귀스트. 프랑스의 법학자이며 정치가. 아를 태생이며, 한때 혁명 의회의 의원이 되었다. 공화력共和曆 12월(서기력 8월 18일부터 9월 17일까지) 이후에 지도자가 되었다. 나중에 나폴레옹을 섬겼지만, 1815년에 추방되었다.

56) 토리벨레(1528년 무렵에 사망) : 루이 12세와 프랑수아 1세의 어릿광대. 포아 레프로아에서 태어났다.

57) 스카팽 : 몰리에르의 희극 《사기꾼 스카팽》의 주인공.

58) 루이 13세(1601~1643) : 앙리 4세와 마리 드 메디시스의 왕자로서 퐁텐블로에서 태어났으며, 1610년부터 43년까지 프랑스의 왕으로 재위.

59) 리슐리외(1585~1642) : 루이 13세의 총리 대신. 파리에서 태어났으며, 프랑스에서 으뜸가는 대정치가다. 반대파의 음모와 싸우면서 군사, 재정, 제도 등을 개혁하는 데 눈부신 공헌을 했다. 지방 봉건 귀족을 누르고, 프랑스의 중앙집권체제와 절대제를 완성했다. 아카데미의 창설자로

서 유명하다.

60) 프랑수아 2세(1544~1560) : 앙리 2세와 카트린 드 메디시스 사이에서 태어났으며, 1559년에 왕이 되었다.

61) 루이 16세(1754~1793) : 루이 15세의 왕세자인 루이의 아들로서 베르사유에서 태어났으며, 1774년에 프랑스의 왕이 되었다. 처음에 튀르고를 총리에 임명했지만, 그의 경제 사상이나 정치가 반대파를 결성시키기에 이르자, 왕은 이 혁신적인 대신을 멀리하고 네케르를 기용했다. 그러나 이마저도 실패로 끝났다. 하지만 외교적으로는 미국의 독립 전쟁 이후에 베르젠의 지도에 의해 프랑스 식민지의 일부를 회복하는 등 상당한 성공을 거두었다. 내정면에서는 카론등의 궁정 대신들에 의한 지배가 시작되고, 이어 왕비의 전제가 두드러지게 눈에 띄기 시작했다. 왕은 선량한 인물이었지만, 의지가 약하고 우유부단하여 망명 귀족을 몰래 지원했다. 스스로 망명하려다 미수에 그치기도 하여 민중의 인기를 잃었다. 혁명의회에 의해 1793년에 참수당했다.

62) 뒤바리 백작 부인(1743~1793) : 본명 장 베키. 루이 15세의 애인. 보클뤼즈에서 태어났으며, 단두대의 이슬로 사라졌다.

63) 셰익스피어(1564~1616) : 《햄릿》《오셀로》《맥베스》《로미오와 줄리엣》《리어왕》 등에 의해 우리에게 친숙하다.

64) 밀로의 비너스 : 고대상古代像. 루브르에 있다.

65) 메디치의 비너스 : 고대상. 플로렌스에 있다.

66) 디아나 : 주피터(제우스)와 다트나 사이에서 태어난 그리스 신화 속의 아름다운 소녀. 주피터는 그녀가 결코 결혼하지 않겠다고 약속을 하게 만든다. 그리고 님프 (nymph) 등을 딸려 보내어 그녀를 숲의 여왕으로 삼는다. 그녀는 수렵에 열중한다. 한 번은 목욕을 하고 있다가 악타이온 때문에 깜짝 놀란 그녀는 그를 사슴이 되게 하여 그의 개들이 잡아먹게 만든다. 그녀는 양치기인 엔디미온을 사랑했다. 강렬한 성격인 디아나의 고대상은 많이 있다. 루브르에도 몇 개의 대리석상과 브론즈 등이 있다.

67) 코린 : 스탈 부인의 소설의 여주인공 이름이다.

68) 시크스토 5세(1521~1590) : 1585년부터 1590년까지의 교황. 그레고리우스 13세의 후계자로서 선출되었다. 추기경들은 그가 죽어가고 있다고 생각하여 교황으로 선출한 것이다. 그런데 교황이 되자 놀라우리만큼 건강해져, 종교제도의 개혁을 위해 노력하는 한편, 프랑스에서의 종교 논쟁에도 열심히 참가했다. 생피에르 사원寺院의 돔 (dome)은 그가 건립한 것이다.

69) 보르지아(1431~1503) : 스페인의 자티바에서 태어났다. 1492년부터 1503년까지의 교황. 정치적 재능이 뛰어나 이탈리아의 대공大公들과 격렬히 투쟁했다. 사적생활의

이중성, 동족 등용 등에 의해 '하나의 교황' 이라기보다는 '르네상스 왕자' 라는 말을 듣고 있다.

70) 드 라므네(1782~1854) : 생말로 태생의 철학자. 신정주의神政主義의 아폴로지스트(Apologist,종교는 초이성적이라 주장하는 사람)였으나, 나중에 가톨릭 적인 자유주의로부터 혁명적 신조信條의 열광적인 사도使徒로 전향했다. 라 코르데르와 협력하여 《미래》를 경영.《신교信敎상의 무관심을 논함》이 전기前記의 대표작.《신자信者의 말》은 후기의 대표작인데, 이 책은 가난한 사람들에 대한 동정과 종교계 정화를 위한 열변으로 충만해 있다. 만년에 교회로부터 박해를 받았다.

71) 탈레랑(1754~1838) : 파리 태생의 대외교관. 후세를 내정면의 마키아벨리스트에 비유한다면, 이 탈레랑이야말로 바로 외정면의 마키아벨리스트라 할 만한 인물. 후세와 더불어 나폴레옹의 덕을 보면서도 내부에서 분쟁을 일으켰다. 국민의회 당시의 외무 대신. 나폴레옹이 스페인에 출정중일 때에 외무 대신인 그가 메테르니히와 내통하여 군대를 동원하려다 미연에 발각되었는데, 격노하여 귀국한 나폴레옹으로부터 러시아 대사인 르미얀초프가 보는 앞에서 뺨을 얻어맞았지만 태연히 살짝 피했다는 일화는 유명하다. 빈 회의를 마련하고, 웰링턴 · 알렉산더 · 메테르니히 등을 상대로 크게 활약하여 프랑스를 위기에서 구

했다. 왕정 복고 이후에 루이 필리프의 외무 대신이 되었다.《암흑 속의 사건》 등에서 발자크는 탈레랑을 묘사하고 있다. 후세와 마찬가지로 사제 출신.

72) 레나르(1713~1796) : 아비뇽의 생주니에 태생의 역사가이며 철학자. 양원兩院제도의 선구자가 되었다.

73) 라 로슈푸코(1613~1680) : 파리에서 태어났으며,《잠언箴言》의 저자다. 프롱드의 난亂이 일어났을 때에 중요한 정치적 지위에 앉아 활약했다. 생왕투완 외곽에서의 전투 때 불에 휩싸여 한때 시력을 잃었다. 후반의 삶을 궁정과 살롱에서 보냈다.

74) 루이 14세(1638~1715) : 루이 13세와 안 도트리시 사이에서 태어났다. 1643년부터 1715년까지의 프랑스의 왕. 처음에 마자랭이, 다음에는 리슐리외가 왕의 재상이 되었다. "짐朕은 국가다"라는 유명한 말을 남겼다. 프랑스의 무운武運, 문운文運이 모두 그의 치세 중에 유럽을 압도했다. 코르네유 · 라신 · 몰리에르 등의 극작가, 라 퐁텐 · 브왈로 등의 시인, 보스에 · 페넬롱 등의 웅변적인 문장가, 라 바뤼예르 · 라 로슈푸코 등의 모럴리스트(Moralist, 인간성 혹은 인간의 삶을 탐구한 문필가), 생시몽 · 레츠 등의 역사가, 푸생 · 페로 · 르 브룅 · 롤랑 등의 예술가 등이 이때 현란하게 나타났다.

75) 푸케(1615~1680) : 파리에서 태어났으며, 회계會計 검

사관을 거쳐 루이 14세의 재무 대신이 되었다. 많은 재산을 사회 사업 등에 투입하고, 몰리에르·라 퐁텐 등의 문인을 옹호하며, 포에 웅장한 성채를 짓곤 했는데, 콜베르에 의해 그의 공금 유용이 발견되어 고발당했다. 루이 14세는 그의 호사스러움을 보고 기분이 상해 즉시 체포하여 횡령자로서 피니롤 감옥에 집어넣었다. 19년간 복역하다가 그 감옥에서 사망했다. 기구한 일생을 보낸 사나이다.

76) 호프만(1776~1822) : 쾨니히스베르크 태생의 독일 소설가이며 음악가. 비현실적인(eccentric) 소설이 많다.

77) 피트(1759~1806) : 혁명에 무자비하게 반대한 영국의 재상. 프랑스에 대한 세 차례의 반대 동맹을 '파운드 외교'에 의해 성립시켰지만, 나폴레옹의 승리를 저지하는 데는 실패했다.

78) 티베르(기원전 42~기원전 37) : 로마에서 태어났다. 라틴어 이름은 티베리우스. 로마 제국의 두 번째 황제. 원숙하고 신중하며 현명한 군주였지만, 매우 의심이 많았는데다 대신인 세잔의 영향도 받아 잔혹한 짓을 하게 되었다.

79) 필리프 2세(1165~1223) : 1180년에 프랑스의 왕이 되었다.

80) 폴파두르 부인(1721~1764) : 파리 태생의 후작 부인. 루이 15세의 애인으로서 왕이나 정치, 시대의 유행 등에 불가결한 영향을 미쳤다. 이른바 퐁파두르 식의 원조.

81) 디치안(1477~1576) : 피에베에서 태어났으며, 카도레에서 그림 공부를 하고, 나중에 조르조네에게 사사師事했다. 미켈란젤로에 비견되는 화가로 여겨지고 있었다. 100세의 장수를 누렸으며, 현란하기 이를 데 없는 색채로 작품을 부지런히 그려나갔다. 현세적인 색채가 강하다. 〈세금징수원과 그리스도〉〈하늘의 사랑, 땅의 사랑〉〈아모르의 준비〉〈디아나〉 등이 일반적으로 잘 알려져 있다. 종교화로는 〈매장〉〈마돈나의 승천〉〈아기 그리스도〉 등의 걸작이 많다.

82) 오비디우스(기원전 43~기원후 17) : 고대 로마의 시인. 《메타모르포세스》의 작가.

83) 루이스(1775~1818) : 매슈 그레고리. 런던 태생의 소설가.

84) 래드클리프(1764~1823) : 런던 태생의 여류 작가.

85) 보이뤼즈 : 샘의 이름. 아비뇽으로로부터 약 24킬로미터쯤 떨어진 보클뤼즈 마을에 있다. 거기서 라소르그 강江이 발원發源하고 있다. 페트라르카의 시詩에 의해 유명하다.

86) 허드슨 로우(1769~1844) : 영국의 장군. 세인트 헬레나 섬에서의 나폴레옹의 짓궂은 감독관.

87) 라조리(1766~1837) : 파르마 태생의 이탈리아 제일의 명의名醫이며 애국자. 프랑스의 명의 브루셰(1772~ 1838)의 스승들 중 한 사람.

88) 미르비오 페리코(1789~1854) : 이탈리아의 애국시인. 오스트리아의 관헌에 의해 9년 동안 스필베르크 감옥에 투옥되어 있었다. 《나의 감옥》의 작가.

89) 포이아티에(1793~1863) : 프랑스의 조각가. 뷔스이에르에서 태어났으며, 《스파르타쿠스》《기마騎馬를 탄 잔 다르크상》 등이 대표작이다.

90) 알페리(1749~1803) : 아스치에서 태어났으며, 이탈리아의 으뜸가는 비극 시인으로 알려져 있다. 《비르지니》《마리 스튜어트》《메로프》 등이 대표작이다.

91) 미셸 크레치앙 : 발자크의 《환멸》《포드 샤그랑》 등에 나타나는 《인간 희극》의 등장 인물. 고결한 공화주의자.

92) 바이런(1788~1824) : 런던 태생의 시인. 《돈 주안》《차일드 해럴드》 등의 작가로서 우리에게 친숙하다.

93) 돈키호테 : 세르반테스의 같은 이름의 소설의 주인공.

94) 코르네유(1606~1684) : 프랑스 비극의 아버지. 루앙에서 태어났으며, 《르시드》《폴리왹트》《오라스》《시나》 등이 우리나라에도 알려져 있다. 《폴리왹트》의 "한심하구나, 육체와 속계의 인연이여. 내가 너를 버렸는데, 왜 나를 뒤쫓아오느냐" 라는 말은 코르네유의 내면 세계 전반을 지배하는 사상이었다고 한다. 비극의 품격은 국가의 중대사가 그 밖의 '보통의 사랑' 보다 더 고상하고 남성적인 어떤 열정을 꼭 필요로 한다고 했다. 그가 '연애의 화공畫工' 이라

불린 라신과 비교되는 것도 바로 이 때문이다.

95) 코리올라누스 : 기원전 5세기의 로마의 유명한 장군.

96) 미라보(1749~1791) : 오노레 가브리엘. 케네의 제자인 경제학자 미라보 후작의 아들로서 비뇽에서 태어났다. 프랑스 혁명 당시 가장 저명한 지도자들 중 한 사람. 웅변가로서의 명성을 드날렸다.

97) 타시트(약 55~120) : 이탈리아의 역사가. 신랄하고 비관적이지만 문체는 화려하다. 《연대기》《역사》《웅변가의 대화》 등의 저작이 있다.

98) 리클렌(루크레치아) 보르지아(1480~1519) : 발렌티노 공작인 세자르(체사레) 보르지아의 누이동생. 유명한 미인이었다.

99) 욥 :《구약성서》 속의 극시劇詩〈욥기〉의 주인공. 신이 내린 시련에 직면하여 모든 재산과 자녀를 잃고, 스스로는 중병을 앓으며 온갖 비참한 일을 다 겪지만, 그래도 신앙을 버리지 않았다.

100) 왕비 율상(1642~1722) : 마리안느 드 라 트레모아르. 파리에서 태어났으며, 스페인 왕 펠리페 5세의 궁정의 화려한 존재였다. 여러 가지 음모에 가담했다.

101) 카를로 도르치(1616~1686) : 플로렌스에서 태어난 이탈리아의 화가. 정성스럽고 품위가 있는 화풍을 보였으며, 그 특유의 우울한 면이 수집가의 애호를 받고 있다.

102) 아롤리(1535~1607) : 플로렌스에서 태어난 이탈리아의 화가. 미켈란젤로의 모방자.

103) 게르치노(1591~1666) : 장 프랑수아 바르비에리. 이탈리아의 화가. 그림을 신속하게 그리고, 다작多作인 점이 특히 유명하다.

104) 로시니(1792~1868) : 이탈리아의 빼어난 음악가. 페사로에서 태어났으며,《윌리엄 텔》《오텔로》《세빌랴의 이발사》《세미라미테》 등의 걸작을 썼다.

105) 라토쉬(1785~1851) : 라 샤토루 태생의 시인. 앙드레 셰니에의 시집詩集을 발굴하는 등 프랑스 낭만주의 운동에 크게 공헌했다. "시인이 시인을 발견했다"라고 발자크는《환멸》 속에 적고 있다. 발자크는 역경에 처해 있을 때는 라토쉬의 도움을 받은 적이 있다.

106) 첸치 : 15세기의 로마의 명가名家로서, 그 방대한 부富와 수많은 혐오스러운 범죄에 의해 잘 알려져 있다. 잔학하고 방탕한 생활을 한 프란체스코 첸치는 딸 베아트리쿠스와 아내, 아들 자코모에 의해 암살당했다. 베아트리쿠스와 자코모는 교황 크레상 8세의 명에 의해 교수형을 당했다.

107) 드 메스트르(1763~1852) : 샹베리에서 태어났다.《상트 페테르부르크의 밤》의 저자. 교황지상권론자教皇至上權論者인 조제프 드 메스트르의 동생. 기교적인 작가로 알려져

있으며, 《내 방안을 돌아다니며》《시베리아의 소녀》 등의
작품이 있다.

발자크에게 보내는 편지

스탕달

오노레 드 발자크 씨에게

1840년 10월 30일
치비타 베키아에서

어젯밤에는 꽤 놀랐습니다. 잡지를 통해 그런 식으로, 더욱이 그 방면의 뛰어난 대가에 의해 비평을 받으리라고는 예상도 하지 못하고 있었습니다. 당신은 거리의 한복판에 버려진 고아에게 연민의 정을 보내주셨다고 생각합니다. 지금 내가 당신에게 평범한 인사의 편지를 드리기는 정말 쉬운 일이지만, 당신의 비평하신 방법이 파격적인 점을 생각하여, 그것을 모방해서 나도 마음으로부터의 편지로써 회답하려 합니다. 찬사보다는 여러 가지 충고에 대한 나의 감사하는 마음을 받아들여주십시오.

어젯밤에《리뷰》를 읽어보고, 오늘 아침에 당신이 세상 사람들에게 소개해 주신 최초의 54페이지를 45페이지로 단축시켜보았습니다. 그러나 나는 이 54페이지를 썼을 때, 실은 더할 나위 없는 기쁨을 느꼈습니다. 어쨌든 자신이 굉장히 좋아하는 일에 관해 집필하고 있고, 소설을 만드는 '기술' 따위에 관해서는 전혀 생각해 보지도 않았으니까요.

나는 어차피 1880년 무렵이 되지 않으면 읽히지 않으리라고 생각하고 있으므로, 작품이 인쇄되는 작가의 기쁨 같은 것도 그 무렵이 되지 않으면 맛볼 수 없으리라고 각오를 하고 있었습니다. 당신으로부터 과분한 칭찬의 말을 들은 나의 소설도 언젠가는 유별난 문학자가 발굴해 주리라고 생각하고 있었습니다. 당신은 꽤 지나친 생각을 하고 계십니다. 이를테면《페도르》[1]의 경우에——털어놓고 말하지만——이 작가에게 얼마간 기울고 있었으므로 약간 유감스러웠습니다.

당신이 나의 이 소설을 세 번이나 읽어주셨다니까, 이 다음에 산책로에서 만나뵐 때에 의견을 듣고 싶습니다.

1) 파브리스를 주인공이라고 말할 수 있을까요? 파브리

스라는 말을 너무 자주 되풀이하지 않도록 하라는 점이 문제가 되고 있습니다.

2)《파우스트》의 삽화는 제거해버려야 할까요? 그것은 집필하는 동안에 길어진 것입니다. 파브리스는 공작 부인에게 자신이 '연애'에 민감한 인간이 아니라고 설명해 보일 기회를 주고 있는데요.

최초의 54페이지는 정중하고 겸손한 서론序論으로 삼을 작정이었습니다. 나는 행복한 청춘 시대를 집필하기 때문에 너무 좋은 기분에 싸여 있었습니다. 교정쇄를 수정하면서 약간 후회했지만, 월터 스콧의 책의 절반에 이르는 그 지루하기 짝이 없는 서두 부분이나, 완벽하다고는 해도 장황하고 번거로운 《클레브 부인》[2]의 서두 부분을 생각하고 스스로 위로하고 있었습니다.

내가 소설 계획을 세운 일은 더러 있습니다. 예를 들면 《바니나》[3]의 경우죠. 그러나 계획을 세우면 정열이 식어버리는 듯합니다. 나는 25페이지 내지 30페이지 정도는 대개 구술口述합니다. 그리고 밤이 되면 꼭 기분 전환이 필요해집니다. 이튿날 아침까지는 모든 것을 잊어버리도록 합니다. 전날 구술한 부분의 마지막 3,4페이지를 다시 읽어보는 동안에, 오늘 집필해야 할 장章이 머리에 떠오릅니다. 유감스럽게도 이곳에는 무엇 하나 사상思想을 자극하는 것이 없습니다. 치비타 베키아에 살고 있는 5,000여 명의 상인들 사이에서 대체 어떤 즐거움을 느낄 수 있겠습니까. 시적詩的이라 할 수 있는 것은 1,200명의 고역수苦役囚뿐인데, 이들과 교제할 수는 없습니다. 여자들은 어떻게든 남편으로 하여금 프랑스제 모자를 사오게 만들려는 그러한 생각에만 열중하고 있는 형편입니다.

나는 너무 손질을 한 문체를 싫어합니다. 솔직히 말해《파르므의 수도원》의 대부분은 구술하여 받아쓴 것을 그대로 펴냈습니다. "이제 결코 그러한 일은 하지 않겠습니다"라고 어린애처럼 말씀드립니다. 60페이지, 아니 70페이지 정도 구술한 채로 인쇄된 것이 있을 겁니다. 게다가 여러 가지 생각이 머리에 떠오르고, 또한 감옥 부분의 원고를 몽땅 잃어버려 다시 쓰지 않으면 안 되었습니다. ──아니, 이러한 이야기를 번거롭게 말씀드려도 소용없는 일이지만 말입니다.

1792년에 궁정이 몰락한 이후로 형식의 역할이 나날이 쇠퇴되어가고 있다고 나는 생각하고 있습니다. 만일 빌만[4] 씨가──나는 그를 문예원 회원들 중 가장 탁월한 사람이라고 여기고 있습니다만──《피르므의 수도원》을 프랑스 어로 옮긴다면, 내가 쓴 2권 분량의 소설이 3

권이 되어버릴 것입니다. 악당은 대개 과장하는 경향이 있고 웅변으로 말하기 때문에, 역극조의 어조는 머지않아 사람들로부터 외면당하게 될 것입니다.

17세 때에 나는 샤토브리앙 씨의 '일정하지 않은 숲의 꼭대기(la cime indeterminee des forets)'라는 표현 때문에 하마터면 결투를 벌일 뻔했습니다. 당시 용기병 제6연대에는 샤토브리앙 씨를 숭배하는 이들이 많이 있었습니다. 나는 이전에 《인도인의 움막》을 읽어본 적이 없습니다. 드 메스트르 씨는 딱 질색입니다. 라 알프[5]에 대한 나의 경멸은 증오심에 가까운 것입니다. 이렇게 말하면, 왜 내가 악문惡文을 쓰는지 이해하실 겁니다. 그렇습니다. 저는 극단적으로 논리를 사랑하기 때문입니다.

나의 호메로스는 구비용 생시르 원수[6]의 《비망록》입니다. 몽테스키외[7]와 페늘롱[8]의 《사자死者의 대화》는 잘 씌어져 있다고 생각합니다. 2주일쯤 전의 일입니다만, 나는 《아리스토노에스 혹은 알시느의 노예》를 읽고 눈물을 흘렸습니다.

드 모를리프 부인[9]이나 그녀의 친구들이나 조르주 상드의 소설들 혹은 신문에 실린 스리에[10]의 문예 작품을 제외하고는, 지난 30년 동안 인쇄된 것을 무엇하나 읽어보지 않았습니다. 나는 아리오스토[11]를 자주 읽습니다. 그 이야기를 좋아합니다. 공작 부인은 코레지오[12]를 모방한 것입니다. 나는 회화사 繪畵史 속에서 프랑스 문학의 장래의 역사를 읽습니다. 우리는 피에트로 다 코르토나[13]의 제자와 흡사합니다. 코르토나는 다듬어진 돌을 보로메 섬으로부터 운반해 오도록 한 코탕 부인[14]처럼 표현을 과장하여 무서운 속도로 작업을 했습니다.

《파르므의 수도원》을 집필하면서 나는 가락을 맞추기 위해 아침마다 민법民法 법전을 2,3페이지 읽었습니다. 자연스러워지도록 하기 위해서였죠. 혐오스러운 말이지만, 나는 부자연스런 기교로써 독자의 마음을 사로잡으려고 생각하지는 않습니다. 가엾은 독자는 '파도波濤를 송두리째 앗아드는 바람' 이라는 과장된 표현을 아무렇지도 않게 읽어도, 감동의 순간이 지나가면 이내 생각해 내는 법입니다. 그런데 나는 반대로, 만일 독자가 모스카 백작에 관해 생각한다면, '그에 대한 의견을 결코 바꾸지 말아주기를' 바라는 것입니다.

워털루 회전會戰 이후에 라누치오 에르네스토 4세에 의해 첩자로서 파리에 파견된 라시와 리스카라가 오페라좌座의 복도에 모습을 나타내는 대목을 말하겠습니다. 아미앙으로부터 되돌아온 파브리스는 2명의 첩자의 모습에서 그 이탈리아 인 특유의 눈매와 '빈틈없는 밀라노 인' 을 발견합니다. 그들은 누구에게도 발각되지 않았다고 믿고 있는 겁니다.

작품 속의 여러 인물을 분명히 묘사해야 한다느니 《파르므의 수도원》은 《각서覺書》와도 같다느니, 여러 인물이 너무 제멋대로 등장한다는 등의 비난을 누구한테서나 듣습니다. 나의 이러한 결점은 충분히 변명할 수 있으리라고 생각합니다. 도대체 내가 묘사한 것은 파브리스의 생애가 아닙니다. 그 파브리스를 완전히 제거할 수는 없지만, 그러나 나는 그를 생략하겠습니다. 아무 일도 하지 않고 그저 독자의 마음을 움직이기만 하는 이러한 인물이 소설적인 흐름을 소멸시키는 데 필요하다고 나는 생각하고 있었습니다.

나는 당신에게 필시 오만하기 이를 데 없는 자라고 여겨질 듯한 느낌이 듭니다. '뭐야, 이자는 당대에 유례가 없는 비평을 해주었는데도 만족하지 않고 문체까지 칭찬하라는 말인가!' 마음 속으로 그렇게 생각하셨을 겁니다. 그러나 의사醫師에게 사실을 숨기는 것은 어리석은 일입니다. 나 역시 흔히 하나의 형용사를 명사 앞으로 가져갈까 뒤로 가져갈까 하고 15분간이나 생각하는 경우가 있습니다. 나는 마음 속에 오가는 일들을 진실하면서도 명석하게 이야기하려고 노력합니다. '명석해져야 한다' 는 것이 나의 유일한 법칙입니다. 만일 명석하지 않으면 '나의 세계'는 전혀 존재하지 않습니다.

　나는 모스카나 공작 부인, 클레리아 등의 마음 속 깊은 곳에서 일어나는 일을 이야기하고 싶은 겁니다. 이러한 일은 라틴어 학자이며 조폐국장인 로와 백작과 같이 벼락출세한 자나, 라피트 씨 또는 세탁소나 범용한 가정의 주인 등의 안목이 결코 미치지 못하는 경지입니다.

　만일 내용이 분명하지 않은 부분에 빌만 씨나 조르주 상드 부인 등의 어투의 애매함이 추가된다면——가령 내가 아름다운 어투의 대가로서 집필한다는 희귀한 천품天稟을 부여받고 있다 하더라도, 또한 재료를 다루기가 곤란한데다 그처럼 자랑스런 문체의 애매함이 추가된다면——공작 부인과 에르네스토 4세의 갈등의 기미 따위를 아무도 절대로 이해할 수 없게 되어버릴 것입니다.

　샤토브리앙 씨와 빌만 씨의 어투에 대해 이렇게 말할 수 있으리라고 생각합니다.

　1) 이야기하고 있는 것이 재미있기는 하지만, 그러나 말할 것까지도 없는 사소한 일들이 많이 담겨져 있습니다(오조느[15] 나 크로디앙[16] 의 문체와 같습니다).

　2) 이야기를 듣기가 재미있기는 하지만, 쓸데없는 '거짓' 이 많이 담겨 있습니다.

어설픈 지식을 가진 인간이 많아질수록 '형식'의 역할은 작아집니다. 만일 《파르므의 수도원》이 상드 부인에 의해 프랑스 어로 씌어졌다면 호평을 받았을 것입니다. 하지만 내가 2권으로 그려낸 내용을 묘사하는 데 그녀는 3권 내지 4권을 필요로 했을 것입니다. 이 변명을 당신의 의견대로 처리해 주십시오.

어설픈 지식을 가진 사람은 무엇보다도 라신의 운문韻文을 숭배합니다. 왜냐하면 미완성의 시가 어떤 것인가를 알고 있기 때문입니다. 하지만 운문이 라신을 평가함에 있어서는 나날이 약간의 장소밖에 차지하지 못하게 되어가고 있는 듯합니다. 민중은 더욱더 수가 많아지고 더욱 영리해져서 정열이나 발랄한 경우를 그려낸 '진실하고 세밀한 묘사'를 매우 많이 요구하고 있습니다.

볼테르나 라신 등은——요컨대 코르네유를 제외한 모든 시인은——그야말로 리듬에 맞는 시를 짓지 않으면 안 되었던 겁니다. 그래요, 이 운문들은 진실하고 미세한 묘사가 당연히 차지해야 할 장소를 가로채고 있다고 할 수 있을 것입니다.

앞으로 50년쯤 경과하여 산문을 쓰는 A씨, B씨 등이 오로지 우아하고 아무런 가치도 없는 문장으로 세상 사람들을 권태롭게 만들어버릴 때에는 어설픈 식자들도 약간 곤란해질 것입니다. 그들은 허영심 때문에 언제나 문학 이야기를 하고, 뭔가 생각하고 있는 듯한 얼굴을 하고 있지만, 이미 형식에 매달릴 수 없게 되었을 때에는 어떻게 할까요? 필경 볼테르를 떠받드는 정도일 것입니다. 똑같은 정신이라는 것은 기껏해야 200년밖에 계속되지 않습니다. 그러므로 1978년에는 볼테르는 보와튀르[17]가 되어버릴 것입니다. 그렇지만 《고리오 영감님》[18]은 여전히 《고리오 영감님》으로 남아 있을 것입니다. 그래서 어설픈 식자들은 그들이 현재 소중히 여기고 있는 기준을 상실하고 망연자실하여, 문학에 정나미가 떨어져서 단순한 신앙심을 가진 사람이 되어버릴지도 모릅니다. 악당같아 보이는 정치가들은 모두 웅변으로 말하고 과장된 표현을 하는 법이지만, 1880년쯤 되면 사람들이 그것에 대해 싫증을 느끼게 될 겁니다. 그렇게 되면 어쩌면 《파르므의 수도원》도 읽히기 시작하지 않을까 생각됩니다.

되풀이해 말합니다만, '형식'의 역할은 나날이 작아져갑니다. 흄[19]을 예로 들어봅시다. 1780년부터 1840년까지의 프랑스의 역사가 흄의 양식良識으로 씌어졌다고 상상해 보십시오. 설사 그것이 사투리가 많은 지방어로 씌어졌다 해도 사람들은 읽을 것입니다. 《파르므의 수도원》은 민법 법전처럼 씌어져 있습니다. 당신의 마음에 들지 않으니까 문장은 고칠 작정이지만, 그러나 틀림없이 곤란해지리라고 생각합니다. 도저히 참을 수가 없습니다. 크로디앙이나 세네카[20], 오조느 등을 읽는 듯한 느낌이 듭니다. 1년 전쯤부터 독자의 기분 전환을 시키기 위해서는 이따금 풍경이나 의상衣裳을 묘사하는 게 좋다고 말해주는 사람도 있지만, 저로서는 다른 사람들이 하고 있는 것을 보고 아주 싫증을 느끼고 있던 참입니다. 내가 그렇게 하면 '과장' 이 될 겁니다.

오늘의 성공이 《리뷰 파리지엔》 지 덕분임은 의심할 여지가 없습니다. 하지만 이와 관련하여 말하자면, 15년 전에 '1주일에 3번이나 자신을 칭찬해준 그 베르탕 양과 결혼할 수 있다면, 문예원 회원의 후보자도 될 수 있으리라' 라고 마음 속으로 생각했었습니다. 단지 자신들이 고귀한 가문 출신이 아니라는 이유만으로 귀족 계급을 더할 나위 없이 존경하고 있는 거칠고 촌스러운 벼락출세자들이 사회에 오명을 덮어씌우는 일을 하지 않게 되면, 사회가 귀족의 신문 앞에 무릎을 꿇는 일은 없어질 것입니다.

1793년까지는 상류 사회가 서적들에 대한 진정한 비판자였습니다. 하지만 지금은 93년으로의 복귀를 꿈꾸고 있는 주제에 두려워하고 있기 때문에 이미 판단할 수도 없는 겁니다. 시험삼아 주위의 귀족 계급이 드나

들고 있는 성 토마스 다캉(바크가 110번지 주변) 부근에 있는 작은 책방의 카탈로그를 살펴보십시오. 그것을 보고 나는 한가로이 무위無爲의 시간을 보내느라 머리가 멍청해져버린 이 공포병 환자들의 마음에 들만한 작품을 쓰기란 불가능한 일임을 분명히 깨닫게 되었습니다.

　나는 메테르니히 씨를 모델로 삼은 것은 아닙니다. 나는 그를 1810년에 상쿠루에서 만나보았을 뿐입니다. 그때 그는 그 무렵에는 무척 아름다웠던 카롤린 뮐러의 머리칼로 만든 팔찌를 끼고 있었습니다. 기대하고 있던 만큼 보답받지 못했다고 해서 나는 조금도 후회하지 않습니다. 나는 숙명론자입니다. 그래서 나는 조용히 처신하고 있는 겁니다. 그렇지만 1860년이나 80년 무렵이 되면 세상 사람들로부터 다소 인정을 받으리라고 생각합니다. 그 무렵이 되면 메테르니히 씨 이야기 따위를 입에 올리는 사람은 없을 것입니다. 유명하지 않은 대공의 이야기는 더더욱 그럴테죠. 말레르브 시대의 영국 재상은 누구였던가요. 만일 불행히도 크롬웰[21]이 아니라면, 내가 알지 못하는 인간일 것임에 틀림없습니다.

　이러한 정치가의 운명이라는 것은 죽음에 의해 일변하는 것입니다. 살아있을 동안에는 우리에게 무슨 짓이든 할 수 있었지만, 일단 죽으면 영구히 잊혀져 버립니다. 지금으로부터 100년 후에 누가 빌레르[22] 씨나 마르티냐크[23] 씨에 관한 이야기를 하겠습니까. 탈레랑 씨만 해도 꽤 훌륭한 《비망록》이라도 적어두지 않으면 틀림없이 잊혀져버립니다. 그런데 《해학 소설》이 오늘날 여전히 읽히고 있는 것처럼, 《고리오 영감님》은 1980년에도 여전히 남아 있을 것입니다. 연금 50루이를 안겨줌으로써 코르네유의 보호자가 된 몬트런 씨(당시의 로스차일드라 할 만한 사나이)의 이름을 오늘날에 전해주고 있는 것은 스카롱[24]의 저서가 아닙니까.

당신은 세상 물정에 밝은 분에게 어울리는 깊은 통찰력으로, 《파르므의 수도원》이 국가적 지배 기구의 복잡성 때문에 프랑스나 스페인이나 오스트리아와 같은 어느 큰 국가를 무대로 삼을 수 없었음을 훌륭히 지적하고 계십니다. 그렇기 때문에 독일과 이탈리아의 작은 공국公國이 남았습니다.

그러나 독일인은 고관이나 벼슬자리 앞에서는 비굴하고 우열愚劣한 인간입니다. 그 나라에서 몇 해 지낸 적이 있는데, 경멸감 때문에 그들의 말을 잊어버렸습니다. 따라서 내 소설의 인물이 독일인이 아니라는 것을 아실 겁니다. 만일 당신이 이런 식으로 생각해 주셨다면, 내가 자연히 이미 멸망한 공국을 다루게 된 점을 이해해 주시리라고 생각합니다. 파르네제는 선조인 여러 장군들의 이름 덕분에 멸망한 작은 공국들 중 가장 유명한 공국입니다.

나는 자신이 잘 알고 있는 인물을 다룹니다. 나는 그에게 여러 가지 습관을 안겨줍니다. 그래서 그는 아침마다 기꺼이 사냥을 하러 갈 만큼의 기량을 익히고 있습니다. 이어서 나는 그에게 훌륭한 정신을 부여합니다. 나는 이전에 베르시오스 부인[25]을 만난 적이 없습니다. 라시는 독일인입니다. 그와는 200번이나 이야기를 했습니다. 나는 1810년부터 1811년 사이에 상쿠루에 체재하고 있던 때에 대공을 알게 되었습니다.

아, 나는 당신이 이 편지를 3번 읽어주시면 다행으로 생각하겠습니다. 당신은 영어를 모르신다고 하셨죠. 그래도 당신은 파리에서, 《데바》의 편집자인 들라크루아 씨[26]의 답답한 느낌을 주는 산문 속에서 월터 스콧의 서투른 문체를 발견할 수 있습니다. 스콧의 문장은 멋이 없는데다 거드름을 피우는 것처럼 보입니다. 난쟁이가 자신의 키를 힘껏 펴보이려 하고 있는 듯한 느낌을 줍니다.

무릇 한 작가가 다른 작가로부터 받은, 기회가 거의 없으리라고 여겨지는 당신의 놀라운 비평을 읽으면서 실례이긴 하지만 무의식중에 웃음을 터뜨렸습니다. 언제나 약간 분에 넘치는 찬사를 접하며——어느 페이지에서나 그랬습니다만 —— 친구들이 읽으면 어떤 표정을 지을까 하고 상상한 겁니다.

총명한 사람에게 편지를 쓸 때에는 나는 아무래도 능숙하게 쓸 수가 없습니다. 여러 가지 생각이 너무 급속하게 떠오르기 때문에 결연한 마음으로 적어 정서淨書를 시켰습니다.

□ 옮긴이 주

1)《페도르》: 라신의 비극 이름. 5막으로 이루어져 있다. 1677년에 이 비극이 오텔 드 부르고뉴에서 상연되었을 때, 라신에게 반감을 갖고 있던 브이용 공작 부인과 누브르 공작 등이 계략을 꾸며, 프라동의 졸렬한 작품《페도르》를 오텔 게네고에서 동시에 상연시켰다. 게다가 그들은 두 극장의 관람석 6일분을 모두 매점했다. 상연이 시작되자, 오텔 게네고는 만원이었지만, 오텔 드 부르고뉴는 관객이 하나도 없었다. 라신은 참패했다. 그가 38세라는 왕성하게 일할 나이에 문학계를 떠나 포르 루아얄 수도원으로 은퇴하려고 결심한 것은 이때의 일이라고 한다. 한편 이 상연을 둘러싸고 라신파와 프라동파 사이에 격렬한 논쟁이 벌어졌으며, 라신과 친구인 브왈로는 하마터면 브이용 부인파로부터 불의의 습격을 당할 뻔했으나, 콘데 공작의 도움을 받아 무사할 수 있었다.

2) 《클레브 부인》 : 라 파예트 부인(1634~1693)은 '스구레'라는 별명으로 소설을 썼는데, 그 중 부인 자신의 이야기라고 하는 《클레브 부인》이 가장 유명하다. 스탕달은 그의 《연예론》의 주註 속에, "이 저명한 부인이 아마도 라 로슈 푸코와 공동으로 썼을 테지만, 《클레브 부인》이라는 소설을 쓴 뒤, 두 작가가 만년의 20년 동안 완전한 우정을 서로 나누며 지냈다는 것은 세상에 잘 알려져 있는 사실이다. 이것이 바로 이탈리아 풍의 연애다"라고 적고 있다.

3) 《바니나》 : 스탕달의소설 《바니나 바니니》를 가리키고 있다. 1829년 《Revue de Paris, tome IX》에 발표되었다.

4) 빌만(1790~1870) : 파리 태생의 프랑스 비평가. 소르본 대학 교수를 지내고, 1839년부터 1844년까지 교육부 대신으로 있었다.

5) 라 알프(1739~1803) : 장 프랑수아. 파리 태생의 시인이며 비평가. 《문학론》의 작가.

6) 구비용 생시르(1764~1830) : 토르에서 태어났다. 프랑스의 원수元帥.

7) 몽테스키외(1689~1755) : 브레드의 성채에서 태어났다. 18세기의 유명한 공법학자公法學者. 《법의 정신》《페르시아 인에의 편지》 등에 의해 우리에게 친숙하다.

8) 페늘롱(1651~1715) : 캄브레의 대주교, 루이 14세의 손자인 부르고뉴 공작의 스승. 《사자死者의 대화》《우화》《소

녀 교육론》《아카데미에 보내는 글》《텔레마크의 모험》 등
의 작품이 있다. 《텔레마크의 모험》은 루이 14세 치하의
정치에 대한 비판과 풍자로 충만해 있으며, 이 책을 출간
(1699)했기 때문에 그는 총애를 잃는 괴로움을 겪었다.
"아무것도 사랑하지 않는다는 것은 살고 있지 않다는 것과
마찬가지다. 그저 희미하게 사랑할 뿐이라면, 살고 있는
게 아니라 오히려 쇠퇴해가는 것이다. …… 사랑하지 않으
면 안 된다"라고 《편지》 속에 적고 있다. 이 짧은 말 속에
서도 루소나 디드로의 선구자다운 풍모를 느낄 수 있으리
라고 생각된다. 하긴 체르는 라 브뤼예와 더불어 페늘롱이
"위대한 세기의 종국終局"이라고 —— 《고전 문학사》 제2권
4부 속에서 —— 말하고 있다.

 9) 모를리프 부인 : 발자크의 《골짜기의 백합》의 여주
인공.

 10) 스리에(1800~1847) : 포와 태생의 프랑스 작가. 《악
사의 회상》《사자》 등의 작품이 있다.

 11) 아리오스토(1474~1533) : 레지오에서 태어났다. 이탈
리아 르네상스 시대의 빼어난 시인. 《롤랑의 분노》 등의
작품이 있다.

 12) 코레지오(1494~1534) : 코레지오 태생의 이탈리아 화
가. 파르므의 수도원 내에 언제나 아름다운 벽화를 그리고
있다. 인체, 특히 부인을 그리는 데 빼어난 재간을 지니고 있

었다. 루브르에 있는《잠들어 있는 앙티오프》가 대표작.

13) 피에트로 다 코르토나(1596~1669) : 토스카나의 화가이며 건축가. 코르토나 태생.

14) 코탕 부인(1770~1807) : 마리 리스토. 토넨 태생의 프랑스 여류 작가.

15) 오조느(310경~395경) : 보르도 태생의 로마 시인.

16) 크로디앙 : 4세기 무렵의 로마 시인, 알렉산드리아 태생.

17) 보와튀르(1597~1648) : 아미앵 태생의 프랑스 예술원 회원.

18)《고리오 영감님》: 발자크의 소설.

19) 흄(1711~1776) : 에딘버러에서 태어났다. 영국의 역사가이며 철학자.《인성론人性論》이나《인간 오성론悟性論》등의 주저主著가 일반 사람들에게 많이 읽히고 있다.

20) 세네카(기원전 2~기원후 66) : 코르도에서 태어났다. 네로의 스승. 웅변가이며 비극 작가이고, 스토아 철학의 주창자.

21) 크롬웰(1599~1658) : 영국의 정치가. 크롬웰의 전기傳記로는 빌만의《크롬웰 전》과 기조의《영국 혁명사》(그 속의 〈크롬웰 전〉)가 유명하다. 칼라일은 크롬웰의《서간書簡과 논문》을 편찬하고 있다.

22) 빌레르(1773~1854) : 톨즈에서 태어났다. 프랑스의

정치가. 왕정 복고 시대의 급진파인 왕당王黨의 수령.

23) 마르티냐크(1778~1832) : 보르도에서 태어났다. 프랑스의 정치가. 샤를 10세의 자유주의적인 재상으로 알려져 있다.

24) 스카롱(1610~1660) : 파리 태생의 시인이며 작가. 《로망 코미크》가 대표작이다.

25) 베르시오스 부인(1808~1871) : 이탈리아의 애국자. 밀라노 태생. 당시 파리로 추방당했다.

26) 들라크루아(1781~1863) : 파리 태생의 화가이며 비평가. 그의 《회상》이 귀중하게 여겨지고 있다. 스탕달의 친구. 《앙이 브륄라르 전》 등에서 그의 이름을 더러 찾아볼 수 있다. 말하자면 "단테를 읽기란 오늘날에도 상당히 어려운 일이다. 20년 동안이나 이탈리아에서 지낸 아르토 씨의 경우만 해도, 그가 요즘 출간한 단테의 번역본을 보니 한 페이지에 뒤바뀐 것 두 가지와 큰 실수 하나씩은 꼭 범하고 있다. 내가 알고 있는 프랑스 인 중 두 사람 ── 《아라비아 연애 이야기》를 나에게 준 폴리에르 씨와 《데바》지의 들라크루아 씨 ── 만이 단테를 이해하고 있다. 파리의 문인들은 단테를 인용하고 주석을 달며, 단테를 엉망으로 만들고 있다. 이보다 더 울화가 치미는 일은 없다."(《앙리 브륄라르 전》 제8장).

예술논쟁에 대하여

스기야마 히데키

1840년은 발자크의 명성이 겨우 절정에 도달한 시기
인데, 그는 이 해 2월 25일에《리뷰 파리지엔》지에 〈베
일에 관한 에튀드〉(프레데릭 스탕달론)을 발표했다. 그
리고 이 환희로 충만된 문장을 통해 당시 무명 작가였
던 스탕달이 지난 해 4월에 출간한 《파르므의 수도원》
을 상세히 논평하고, 문학사상 아마도 전례가 없으리라
고 여겨지는 깊은 존경심과 우정으로써 베일을 지지하
는 입장을 밝혔다.

하지만 물론 발자크는 스탕달을 무조건 찬양한 것은
아니다. 그는 《파르므의 수도원》의 방법과 문체 속에
자신과는 크게 어긋날뿐만 아니라 유달리 이질적인 정
신이 담겨 있음을 의식하고 있었다. 그는 대담하고 솔
직하게 이를 지적하는 동시에 자신의 소신을 말했다.
한편, 이 글을 읽은 스탕달은 그 해 10월 30일에 발자크

의 후의厚意에 깊은 감명을 받아 치비타 베키아에서 긴 회답 편지를 썼다.

　예상도 못했던 일이었다. 파격적인 비평에 평범한 인사말을 보내는 것은 무의미하다. 그것은 의사에게 사실을 숨기는 것이 어리석은 짓인 것과 같다. 그래서 사례 편지 또한 파격적이며 유례를 찾아볼 수 없을 만큼 솔직한 글이 되었다. 물론 그 역시 발자크의 비평을 무조건적으로 받아들인 건 아니다. 그는 어떠한 면 때문에 발자크가 납득할 수 없는지 명쾌히 대답하는 것을 잊지 않았다. 이때《파르므의 수도원》을 둘러싸고 소설이란 어떠해야 하는가, 문체의 비밀은 어디에 있는가, 작가의 정신은 어떠해야 하는가 등에 대한——결국 미해결인 채로 끝나긴 했지만——심오한 예술논쟁이 펼쳐졌다.

　발자크는 이〈에튀드〉에서 "베일은 각 장章에서 그 숭고함이 찬연히 빛나는 작품을 썼다. 그는 웅대한 주제를 거의 발견하기 어려운 연령에 이르러——더욱이 기지로 충만한 작품을 20여 권이나 펴냈던 다음에—— 정말 숭고한 정신의 인간만이 감상할 수 있을 듯한 작품을 썼다"라고 아무렇지도 않은 듯이 지적하고 있지만, 이 말에는 따스한 동정의 마음이 담겨져 있다. 실제로 스탕달은《파르므의 수도원》을 쓰기 전에 20권이 넘는 '진정으로 기지가 충만한 작품'을 펴냈던 터였다.

그 속에는 모스크바에서 퇴각한 다음 해(1813년)이자 그의 나이 30세 때에 출간한 《몰리에르 주석註釋》을 비롯하여 《하이든 · 모차르트 · 메타스타시오의 전기》《이탈리아 회화사繪畵史》《나폴레옹 전》《연애론》《라신과 셰익스피어》《아르망스》《적赤과 흑黑》《자아주의의 회상》《앙리 브륄가르 전》《뤼시앵 루벤》《한 만유자漫遊者의 메모》《카스트로의 수녀》 등도 모두 포함되어 있는 것이다. 아마도 이러한 적자들이 통틀어 20여 권이 씌어지지 않으면 안 되었던 데에 스탕달의 운명적인 성격이 담겨 있었다고 보아야 할 것이다.

이만큼 책을 펴냈는데도 앙리 베일(스탕달의 본명)은 문단에서 여전히 무명 작가였던 것이다. 오늘날 연애를 말하는 사람으로서 그의 이른바 '결정結晶작용'을 모르는 사람은 없지만, 그가 1820년에 밀라노에서 집필하여 2년 후에 파리에서 출간한 《연애론》조차도 11년 동안에 17부밖에 팔리지 않았다고 한다. 거짓말 같은 이야기지만 이는 진실이다. 1826년 5월에 그는 이 책의 제1서설序說에서 이 저작은 아무런 성공도 거두지 못하고 세상 사람들이 이를 불가해한 저작으로 간주했다고 적고 있는데, 연애롤 이론적으로, 말하자면 수학적으로 설명한 책이 그 순수성과 외견상의 기괴성 때문에 일반 사람들로부터 불가해한 것으로 간주된 것은 이유가 없는 것도 아니다. 1842년 3월 15일이라고 하니까 사망하기 8일 전인 셈인데, 그날 집필한 이 책의 마지막 서문에서도 그는 "내가 원고를 보낸 출판사에서는 나쁜 종이를 사용하여 기묘한 판형으로 이 책을 출판했다. 이 때문에 1개월 후에 출판사에 《연애론》의 평판이 어떤가하고 물어보니, '그것은 신성한 책이라고나 할까요, 아무도 집어들거나 펴보려고 하지 않아요' 하고 대답했다"라고 적고 있다. 그러므로 100년 후에나 독자를 만날 수 있으리라고 생각한 심리는 상상하기 어렵지 않다.《앙리 브륄라르 전》의 제23장 〈중앙학교〉에서 그 자신이 고백하고 있다.

"훨씬 후에 샤토브리앙과 사르반디 두 사람의 과장되고 긴 글에 대한 반감 때문에 나는 《적과 흑》을 싹둑 잘린 듯한 짧은 문체로 썼다. 어리석은 짓을 한 셈이다. 왜냐하면 20년이 지나면 대체 누가 두 사람의 위선적인 요설饒舌을 생각해 내겠는가. 나는 어떤가 하면, 복권을 사는데, 만약 당첨되면 100년 후인 '1935년에 작품이 읽힌다' 는 것이다."

그러한 무명 작가였던 만큼 《파르므의 수도원》이 간행된 지 10개월 동안에 넌지시 빗대어 말하려 하는 언론인이라도 한 명 없었다고 개탄하고 있는 발자크의 말도 결코 과장된 이야기는 아닐 것이다.

이러한 사정을 생각해보면, 미래의 일을 증인으로 삼으려는 듯한 기세로 베일을 지지한다는 글을 쓴 발자크의 필사적인 기분도 자연히 이해할 수 있는 것이다. 하지만 작가가 웅대한 주제를 아주 희귀하게 발견할 수 있을 뿐이라는 그러한 연령은 몇 살을 가리키는 것일까? 말할 것도 없이 55세다. 《나폴레옹에 관한 각서》에서 인간이 최대의 이해에 대해 2분간에 결심한 능력을 최고도로 발휘하는 연령은 일반적으로 22세 무렵이라고 스탕달은 말했는데, 55세에 이르러 웅대한 주제로 일관된 소설을 쓴 작가는 정말 희귀하다. 《파르므의 수도원》이 처음 간행된 것은 1839년 4월의 일이었다.

그러면 의문이 생긴다. 《파르므의 수도원》의 서문에 다음과 같이 씌어져 있기 때문이다.

이 소설을 쓴 것은 1830년 겨울의 일이며, 파리로부터 300리쯤 떨어진 곳에서 집필했다. 따라서 1839년의 사건에 대한 암시 따위는 전혀 포함되어 있지 않다.

1830년으로부터 여러 해를 거슬러올라간 시점, 즉 아직 우리 군대가 유럽 여러 나라들을 석권하고 있던 무렵에 나는 우연히 어느 주교회원主敎會員의 집의 사영권(舍營券, 군인이 병사兵舍가 아닌 일반 가옥 안에서 숙박할 수 있게 하는 증서)을 손에 넣었다. ──이탈리아의 아름다운 도시 파도

바에서의 일인데, 오래 체재하게 되면서 나는 집안 사람들과 친밀해졌다.

1830년 말경에 다시 파도바를 통과했기 때문에, 나는 재빨리 그 선량한 주교회원의 집으로 달려갔다. 이미 예전 사람이 없으리라는 것은 알고 있었지만, 이전에 우리가 밤마다 즐거이 담소를 하고 그 후에도 이따금 그리워지는 그 응접실을 한 번 더 찾아보고 싶었기 때문이다.

집에는 예전 사람의 조카와 그의 아내가 있었는데, 나를 마치 옛친구처럼 환대해 주었고, 몇 명의 손님들도 와 있었기 때문에 내가 이들과 작별을 한 것은 밤이 꽤 이슥해진 후의 일이었다. 조카는 카페 페드로치에 주문하여 훌륭한 산바존 주酒를 가져오게 했다. 특히 우리가 그토록 밤 늦게까지 있게 된 것은 문득 누군가가 상세베리나 공작 부인에 관한 일을 암시하고 이를 또 조카가 이어받아 나를 위해 부인의 이야기를 자세히 말해주게 되었기 때문이다.

"앞으로 가게 될 나라에서는" 하고 나는 합석해 있는 친구들에게 말했다. "아마 이렇게 즐거운 밤은 보낼 수 없을 겁니다. 나는 그 기나긴 밤을 보내기 위해 지금 들려주신 이야기를 한 편의 소설로 만들겠어요."

"그러면" 하고 조카가 말했다. "숙부의 일기를 드리겠어요. 〈파르므〉 항項에는 공작 부인이 권세를 휘두르고 있던 무렵의 궁정 내의 여러 가지 음모가 씌어져 있습니다. 하지만 주의하십시오! 이 이야기에는 전혀 도덕적인 데가 없으므로 당신이 프랑스에서 아무리 천국적인 순결성을 자부하고 계시더라도 이것을 소설로 쓰게 되면 암살자라는 소리를 들어야 할지도 모르니까요."

나는 이 소설을 1830년에 완성된 원고에 아무런 수정도 가하지 않고 출판한다. 그래서 다음과 같은 두 가지 불편한 점이 생겨나는 셈이다.

1830년——이 해는 《적과 흑》이 간행된 해다. 9월에 트리에스트의 영사領事로 임명되고, 4개월 후에 오스트리아 정부로부터 기피당한 것도 이 해의 일이다. 스탕달의 악마(demon)적 천재성을 고려해도 《적과 흑》이 《파르므의 수도원》과 같은 해에 씌어졌으리라고는 생각할 수 없다. 일류의 은폐 취미라고 할 수도 있겠지만, 언제나처럼 뭔가 까닭이 있었는지도 모른다.

하지만 그가 《파르므의 수도원》의 서문에서 이야기한 것이 모두 날짜를 속인 것과 마찬가지로 진실이 아니었던 것은 아니다. 이 서문에 의하면 《파르므의 수도원》의 작가가 파도바의 한 사제의 일기를 이용한 것으로 되어 있다. 이것은 사실이다. 그는 파르므의 지배자였던 파르네제 가家, 특히 나중에 교황 포르 3세가 된 알렉산드로 파르네지오의 사생활을 그린 16세기의 이

탈리아 연대기年代記를 읽고 이를 19세기에 펼쳐보인 것
이다.

파도바의 주교회원의 일기라고 되어 있는 그 연대기
의 이름은《파르네제가 융성의 원인(Origine delle grandezze della famiglia Farnese)》이라는 것이다. 이 연대기를 손에 넣고 열광하여 창작의 야심에 불탄 55세의 현실주의자는 1838년 8월 16일에 '이 스케치를 통해 소설을 쓸 것(to make of this sketch a romanzetto)' 이라고 적고 있다. 분명히 스탕달은 이 연대기를 로망(소설)으로 본 것이다. "이것은 완벽하다. 여기에는 마술마저 깃들여 있다. 알렉산드로 파르네지오는 16세기의 가장 행복한 인간들 중 한 사람이었다"라고 이미 1832년 8월 27일에 적고 있다. 이듬해 3월 28일에도 "포르 3세 (파르네지오)의 청춘은 완전했다"라고 그는 적고 있다. 그러고 보면 이《파르므의 수도원》의 주제가 돌〔石〕의 내부에서 타오르고 있는 불꽃처럼 1832년 무렵부터 그의 머릿속에서 불타고 있었음을 알 수 있다. 그리하여 '로망을 쓰기로' 결심하고 작업에 착수하자, 먹이에 달려드는 매처럼 겨우 53일만에 완결시켜 버렸다. 쓰기 시작했든 혹은 구술하기 시작했든 간에 아무튼 기고起稿한 날은 1838년 11월 4일이고, 12월 26일에는 완성되어 있었다. 스탕달의 악마에 끌린 창작력의 속도와 그

역동적인 밀도密度를 이해할 수 있을 것이다.

알렉산드리아 파르네지오의 백모인 바노차 파르네지오는 멋진 미모와 총명함을 지니고 있었다. 또한 '로마의 여왕'이라고 불리고 있던 유능하고 과감하며 아주 매력적인 추기관樞機官 로드리크 란초리의 애인이었다. 바노차는 조카를 사랑했다. 그리스 어나 라틴 어를 순식간에 익혀버리고 열정적인 성격인데다 특이한 아름다움을 지니고 있는 조카에게 그녀는 열중했던 것이다.

그런데 알렉산드로는 청춘의 마력에 사로잡혀 백모는 거들떠보지도 않고 방종과 쾌락 속으로 뛰어 들어간다. 그는 이탈리아 청년답게 발굴을 하고 고대의 조상彫像 조각 따위를 발견하기를 무척 좋아했는데, 어느 날 발굴 작업을 감독하고 있던 중 어느 귀부인의 하인과 싸움을 하게 되어 한 사람을 죽였다. 물론 그 자신도 부상당했다. 하지만 살인죄를 범한 것이다. 도망치지 않으면 생탄즈 성의 감옥에 들어가야 한다. 그는 추기관 로드리크의 힘을 빌려 탈출하는 데 성공했다.

그 후 바노차의 보호를 받으며 추기관이 되고 클레리아라 불리는 귀부인과 사랑에 빠진다. 두 사람의 사랑은 오래 계속되었고, 두 아이를 낳았다. 이것이 《파르므의 수도원》의 이야기의 원형이다. 세부사항의 유사점을 부정할 수 없으며, 스탕달은 이렇듯 여러 인간상을 이용한 것이다. 이리하여 알렉산드로 파르노지오의 생애는 파브리스 델 동고의 일생이 되었다. 바노차는 상세베리나 탁시스 공작 부인이 되고, 로드리크는 모스카 백작이 되고, 클레리아는 클레리아 콘티가 되고, 그리고 생탄즈 성은 파르네제 탑이 되었다. 원래 그가 활용한 연대기는 이뿐만이 아니다. 파브리스의 파르네제 탑으로부터의 탈출은 알렉산드리아 파르네지오보다 훨씬 대담무쌍한 인물인——옥졸을 공범으로 삼지도 않고 혼자서 탈출을 결행한——벤베누티 칠리니의 삽화에서 암시를 얻지 않았다고 말할 수 없을 것이다.

파르크 부근에 있는 코로르노에서 스탕달은 상세베리나 성채를 찾아갔는데, 거기서 또 라누치오 파르네지오에 대한 음모 때문에 상세베리나 공작 부인이 1612년에 참수형을 당한 사실을 발견했다. 이 밖에 라지나라고 불린 노라 백작 부인인 상세베리나도 있다. 피에르 마르치노의 《스탕달》에 의하면, 그녀는 매우 행복한 생활을 하고 있었는데 남편과 사별하자 부득이 오빠 집에서 한때 은둔해 있다가 얼마 후에 나폴리에 나타나 순식간에 궁정의 인기 있고 화려한 존재가 되면서, 도나 마리아 다라 공의 마음에 들게 되었다고 한다.

피에트라넬라 백작 부인이 된 《파르므의 수도원》의 상세베리나의 운명과 비교할 것까지도 없이, 여기서도 유사점을 발견하기는 어렵지 않다. 의사이고 시인이며 연인이고 도둑인 파트라 페란테와 꼭 닮은 인물도 있었다. 베니스에 숨어 있으면서 풍자시를 몰래 인쇄하고 있던 페란테 파리비치노다. 어느 이탈리아 연대기 속에서는 도둑으로서 또한 암살자로서 교수형을 당한 페란테 포레토라는 인물의 이름도 발견된다고 한다. 요컨대 《파르므의 수도원》에서 활약하는 주요 인물들은 모두 이탈리아적 전형으로서 역사에 기록된 인간의 여러 성격을 통합하고 이에 작가의 정열적인 숨결을 불어넣음으로써 근본적인 모습이 이루어진 것으로 보아야 할 것이다. 따라서 그들 속에는 프랑스 적인 것은 하나도 없다. 원리적으로 이탈리아 적인 것이다. 여기에 작가에게 유달리 곤란한 점이 있었던 셈이다. 두 가지 불편한 점이 생겨났다는 고백은 그 날짜를 은폐한 것과는 달리 아주 솔직하다. 그래서 《파르므의 수도원》의 서문은 다음과 같은 변명으로 끝나고 있다.

하나는 독자에게 불편한 점이다. 즉 이 소설 속의 인물이 이탈리아 인들뿐이기 때문에 독자의 흥미를 잃게 될 경우가 많으리라는 점이다. 아무튼 이 나라 사람들의 마음의 움직임은 프랑스 인과는 상당히 다르기 때문이다. ── 이탈리아 인은 진지하고 선량하며 화를 내지 않고, 자신이 생각하고 있는 것을 솔직하게 말한다. 허영심에 의해 움직이는 수가 있어도, 그것은 언제나 발작적인 경우뿐이고 그때에는 허영심이 정열이 되며 '엄하고 딱딱한' 경향이 있다. 그리고 마지막으로 '빈곤'이 그들 사이에서는 결코 비웃음의 대상이 될 수 없는 것이다.

또 하나의 불편한 점은 작가에 관한 것이다. 나는 대담하게도 작중 인물의 성격을 거칠게 대충 묘사한 채로 내버려두었음을 고백해야겠는데, 이와 반대로 그들의 여러 가지 행위에 대해서는 가장 도의적인 비난을 가해두었다고 단언할 수 있다. 설사 그들에게 최고의 도덕성을 부여했다 하더라도, 또한 프랑스 인처럼 무엇보다도 우선 금전을 사랑하고, 증오심과 연애 때문에 죄를 범하는 일은 결코 없다는 따위의 성격을 부여한다 하더라도 그것이 무슨 소용이 있겠는가? 이 소설 속의 이탈리아 인은 대체로 이와는 정반대다. 어쨌든 우리가 북쪽에서 남쪽으로 200리씩 이동해 감에 따라 풍경도 달라지는 것과 마찬가지로 소설 역시 달라져야 하리라고 생각한다. 주교회원의 아름다운 조카딸은 상세베리나 공작 부인을 알고 있었고, 또한 마음으로부터 사랑하고 있었기 때문에, 설령 부인의 사랑의 모험이 비난받을 만한 것일지라도 결코 변경시키지 말아달라고 나에게 특별히 의뢰했었다.

이것은 바로 변명이라 할 수 있다. 작가는 불편한 정도 이상의 곤란함을 느끼고 있었던 것이다. 자유분방했던 16세기 무렵에나 흔히 볼 수 있었던 그 아름다운 '이탈리아의 정열' 은 파리나 런던의 몰인정하고 쓸모없는 취미에 감염된 오늘의 계급 속에서는 이미 완전히 사멸되어버린 것이다.

스탕달은 《파리아노 공작 부인》에서도 1760년 무렵이 되어 프랑스의 리슐리외를 모방하고 있던 바보들의 첫째 신조는 "어떤 일에 대해서나 감동을 나타내지 않는다" 는 것이었다고——그리고 요즈음 나폴리 등지에서 프랑스의 아니꼽고 비위에 거슬리는 자들보다 이쪽이 더 낫다는 것처럼 모방을 하고 있는 영국의 멋쟁이(dandy)가 내걸고 있는 좌우명은 "어떤 일에나 싫증을 느꼈다. 어느 누구보다도 자신이 더 훌륭하다" 는 듯한 표정을 짓는 일인 것 같다고——비꼬아 말하고 있다.

이것은 사실이다. 어떤 일에나 결코 열의를 가져서는 안 된다고 탈레랑이 말했는데, 그러한 말이 의미가 있는 듯이 명언으로 통하는 사회에서는 자신의 만족을 단숨에 구하는 '이탈리아의 정열' 을 이해할 수 있을 리가 없다. 로마의 정열과 파리의 정열은 똑같지가 않다. 오히려 반대다. 100리씩 북쪽으로 갈 때마다 정열이나 연애 등의 형태는 달라진다. 더욱이 알프스라는 국경이 있다. 행위를 요구하는 정열과 언어를 요구하는 정열은 말하자면 흑백의 관계에 가까운 것이다. 여기에는 향수享受하는 데 있어서의 곤란함과 전달하는 데 있어서의 곤란함이 있다.

이 불편함을 단번에 뛰어넘으려면 공감만으로는 충분하지 않다. 무엇보다도 이탈리아 인을 알지 않으면 안 된다. 이탈리아 통通인 발자크였기에 비로소 《파르므의 수도원》의 둘도 없는 소중한 친구로서 출현할 수 있었던 것이다. 파르므의 대신인 모스카와 상세베리나 공작 부인의 연애를 설명하기 위해 발자크는 1799년에 이탈리아를 떠나는 오스트리아 인들이 바스티온에서 목격했다는――외출중인 B백작 부인의 이야기를 언급한다. 혁명이나 전쟁 따위는 아랑곳하지 않고 부인은 어느 주교회원과 함께 마차를 타고 산책로를 달리고 있었다. 그런데 1814년에 다시 돌아온 오스트리아 인들이 처음으로 목격한 것은 같은 마차를 타고 아마도 같은 이야기를 하면서 바스티온의 같은 산책로를 달리고 있던 백작 부인과 주교회원의 모습이었다는 것이다. 탈선일까? 나는 그렇게 생각지 않는다. 발자크는 이 도시에서 한 청년과 아는 사이가 되었는데, "청년은 연인의 집으로부터 약간 멀어지면 괴로워하기 시작한다. 이탈리아 인은 여자가 연정을 불어넣어주면 여자 곁을 떠날 수가 없는 것이다"라고 이야기하고 있다. 이 역시 탈선이 아닐까? 이것이야말로 바로 '이탈리아의 정열'이 아닐까? 프랑스 풍의 심정으로 말하면 그러한 정열은 광기에 가까운데, 그 광기로 보이는 행위의 정신을 알 수 없으면 《파르므의 수도원》의 예술 따위는 전혀 이해할 수 없는 것이다. '이탈리아의 정열'을 진정으로 이해하는 사람이 아니었다면 발자크는 《파르므의 수도원》을 이전에 만들어진 드라마들 중 인간의 마음에 가장 깊숙이 뿌리를 내린——가장 진실하고, 가장 유별나며, 사람의 마음에 와 닿는——완성된 드라마라고 그토록 대담·솔직하게 말할 수는 없었을 것이다.

하지만 우스꽝스럽게도 그의 어조가 너무 유아적이라는 이유로 의심이 많은 사람들이 의혹의 눈길을 보내고 있었다. 그 대표적인 사람이 생트 뵈브다. 그는 발자크가 《파르므의 수도원》을 절찬한 것은 스탕달로부터 돈을 받았기 때문이라고 설명하고 있다. 위선 혐오자인 스탕달이 《인간 희극》의 작가에게 다름아닌 돈을 제공했다고 하니까 이것은 재미있다. 정말 신경질적이고 의심이 많고 화를 잘 내며 질투심이 강하다. 이 비평가가 생각해낼 만한 것이다.

하지만 재치가 있는 듯한 이 도덕적 비판에는 아랑이 《스탕달》에서 훌륭히 반박하고 있으므로 여기 소개하려 한다. 첫째로 아름다운 《파르므의 수도원》을 비판한 발자크의 글이 매수된 것이라고 가정하는 것 자체가 이미 비열한 짓이라 생각되고, 둘째로 아무런 확증이 없으면서도 생트 뵈브가 즐거운 듯이 이를 공언한 것은 허용될 수 없다는 것이다.──아랑은 파트라 페란테라는 이름의 별난 공화주의자인 산적山賊 시인을 부추겨 파르므의 대공을 암살했다는 이유로 같은 비평가로부터 비난받고 있는 상세베리나 공작 부인도 변호하고 있다. 그리고 "그녀의 행동에는 비난받을 만한 점이 하나도 없다. 궁정의 음모·술책을 재미있어 하고 있던 부인이 갑자기 자신은 가장 강하고 가장 잔혹한 한 인물의 권력 아래 있음을 알아챘다. 그리하여 그녀는 굴욕감과 고뇌 때문에 울화가 치밀어 복수할 것을 스스로에게 맹세하고 그것을 실행했을 뿐이 아닌가. 참주僭主에 관한 한 정의正義는 존재하지 않는다"는 것이다. 요컨대 아랑은 스탕달을 신뢰하고 충실히 그의 발자취를 따르고 있을 뿐이다.── "왜 나는 생트 뵈브가 교묘히 독자의 환심을 사려 하고 있는 것을 좋아하지 않는가? 그 이유는 명백하다. 그는 덕德이란 존재하지 않으며, 모든 것은 매매된다고 되풀이해 말한다.──더욱이 그 동일한 인간이 《파르므의 수도원》은 부도덕하다고 말하는 것이다. 그래서 나는 스탕달이나 상세베리나나 쥘리앵

소렐 같은 인물들과 지내고, 생트 뵈브의 글은 보거나 듣거나 읽고 싶지도 않게 되는 그러한 은총이 내려지기를 바라는 바다. 여기서 문학의 아첨쟁이와 나는 격렬히 결별한다. 그는 세상 사람들은 요컨대 노예니까 자신도 노예가 되도록 허용해 주기 바란다는 것이다. 유쾌한 것은 스탕달의 추종자로서 각광받는 존재가 스탕달의 고결한 위대함과 내적인 자유에 경도된다고는 말하지 않고, 기껏해야 인간 혐오의 영역을 벗어나지 못하는 오만한 경멸을 찬미하는 점이다.

생트 뵈브의 말을 반박하는 데 있어 나는 완전히 아랑의 주장에 동의한다. 그렇지만 주의해 주기 바란다. 왜냐하면 아랑의 이름이 앞으로도 등장하기 때문이다. 특히 스탕달에 관한 그 밖의 문제에 있어서는 반드시 내가 그와 같은 의견을 갖고 있지 않다. 오히려 대부분의 경우 그와는 정반대의 입장을 유지하고 있다. 한 가지 예를 들면, 그는 《앙리 브륄라르 전》을 좋아하지 않는다. 이 작품이 일부러 사람들로부터 혐오당하기 위해 씌어졌기 때문이라는 것이다. 자아주의自我主義의 갑옷을 몸에 걸치고 있지만, 어렵지 않게 갑옷 속을 꿰뚫어 볼 수 있는 자신에게는 그러한 무장武裝이 마음에 들지 않는다는 것이다. 그러므로 칭찬하기 전에 주의해야 한다고 유달리 과장된 태도를 보인다.

이상한 이야기다. 하긴《앙리 브륄라르 전》에는 자아
주의의 갑옷으로 무장하고 있는 듯한 대목이 있다. 하지
만 그는 갑옷 속에 자기 몸의 상처를 숨기지는 않는다.
키요모리〔滑盛〕라는 인간이 진정으로 인간다운 것은 검
은 의복 밑으로 약간 드러나보이는 갑옷을 은폐하려고
하지 않았던 점이다. "언제나 나는 약간의 유순한 말을
들으면" 하고 스탕달은 적고 있다. "몹시 화를 내고 있
던 사람들에 대해서도 얼간이처럼 부드러워지는 약점
이 있다." ──이야말로 자아주의의 갑옷이 아닌가. 이
부드러워지는 무장이 완전히 나를 사로잡는다. 이토록
아낌없이 스스로의 상처를 드러내는 무장이야말로 진
정으로 인간적이라고 해야하지 않겠는가. 나는 여러 소
설을 제쳐두고라도《앙리 브륄라르 전》을 택할 것이다.

그러면 발자크의《파르므의 수도원》에 대한 비판이
매수된 것이라고 가상하는 식의 저열한 비난에 대해서
는 더 이상 언급하지 않기로 하자. 유아적이냐의 여부
는 논하지 않겠다. 다만 예술논쟁의 중심으로 직선적으
로 뛰어들어가자.

발자크는 이 드라마의 발전을 세밀한 손놀림으로 그
려가면서 다음과 같은 말에도 주의해 주기 바란다고 말
하고, "여기서는 흔히 '샌드위치'라고 불리고 있는 오
르되브르를 찾아볼 수 없다. 아니, 여러 인물이 행동하

고 생각하고 느끼는 가운데 드라마는 끊임없이 발전하고 있다. 그 관념으로 미루어보아 드라마틱한 시인은 주신酒神 찬가의 격렬한 리듬에 몸을 맡기면서도 작은 꽃을 따기 위해 결코 길가에서 몸을 구부리는 일은 하지 않는다"라고 적고 있다. 그는 스탕달이 말하자면 사소한 현실주의에 지나지 않는 작은 꽃들을 모두 묵살하고 오로지 본질적인 것만을 추구하고 있는 그 소설적 세계를 다루는 방식에, 그 길가의 일에 눈을 팔지 않는 구상에 마음으로부터 공감하면서, 이것은 내 소설 이상이라고 감탄하고 있는 것이다. 그는 또 이렇게 말하고 있다.

"100여 명의 등장 인물을 다루고 있는 이 긴 음모의 훌륭한 세부사항을 읽는 즐거움을 여러분으로부터 빼앗을 필요는 없다. 작가는 10마리의 말이 끄는 마차를 다루는 교묘한 마부만큼이나 그 말고삐를 다루는 데 있어 어려움을 느끼고 있지 않은 것이다. 모든 것이 적절히 처리되어 있으며, 하나도 어수선하지가 않다. 여러분은 도시나 궁정 등의 모든 것을 볼 수 있을 것이다. 이 드라마의 교묘함이나 수법, 명석함에 망연해질 뿐이다. 공기가 그림 속에서 춤추며, 불필요한 인간은 하나도 없다."

발자크의 공감이 어디에 기울어져 있었는지 분명히

알 수 있다. 그의 평생의 소망은 《인간 희극》이라는 소설의 세계에서 2,000명의 인간을 만들어내는 데 있었던 것이다. 그가 100여 명이나 되는 등장 인물을 자유 분방하게 구사하고 있는 《파르므의 수도원》의 작가의 그 '말고삐 다루기의 능숙함'을 보고 기분이 멍해져 있는 것도 무리가 아니다. 어렵지 않게 표현의 배후를 들여다볼 수 있는 사람들이라면 이질적인 예술에 압도당하여 절망감에 가까운 기색마저 띄고 있는 발자크의 뜻밖의 표정까지 읽을 수 있을 것이다.

그는 《파르므의 수도원》에 '최고의 지위'를 안겨주는 한 장면, 즉 상세베리나가 라시에 의해 만들어진 진술서류를 소각하는 광경을 비평하면서, "문학 예술 가운데 겨우 8페이지에 지나지 않는 이 대목에 비견될 수 있는 것은 없다. 이와 비교될 수 있는 소설은 하나도 없으며, 이것은 유일한 소설이다. 이에 관해 나는 아무것도 할 말이 없다. 사실을 지적하는 것만으로 만족한다"라고 적고 있는 신음소리 같은 솔직한 어조에 유의하기 바란다. 이것이 예술가의 공감이라는 것이다. 하지만 이러한 공감이 발생한다는 것은 이 두 현실주의자들 사이에 우연히 인간을 움직이는 소설 기술에 있어 똑같은 비밀에 통달해 있었기 때문이라고 말할 수도 있을 것이다.

두 사람을 분리시키는 것은 인간을 파악하는 방법뿐

이다. 하지만 인간을 파악하는 스탕달의 방법에 대해 발자크는 〈에튀드〉에서 무서우리만큼 깊은 판단을 내리고 있다. 그는 이렇게 적고 있다. —— "인간 묘사는 간단하다. 자신의 여러 인물을 행동과 대화로써 묘사하는 그에게 있어서는 몇 마디만 사용하면 충분하다. 그는 서술하는 데 지칠 줄을 모르며 드라마를 지향하고 하나의 언어나 하나의 사랑으로써 그것을 달성하고 있다."

이 판단은 정확하다. 하지만 여기서 나는 멈춰서야 한다. 왜냐하면 스탕달의 방법을 그처럼 올바로 파악하면서도 발자크가 이 위대한 현실주의의 맹우盟友에게 구체적인 면에서 점차 어쩔 수 없는 거리감을 —— 말하자면 이질적인 심연을 —— 느끼기 시작하는 것을 발견한 부분도 바로 이 대목이기 때문이다.

* 나는 이 에세이를 관념학觀念學의 글이라고 불렀다. 그 목적은 이것이 소설이 아니고 특히 소설처럼 재미있는 것이 아니라는 점을 지적하고 싶었기 때문이다. 나는 관념학이라는 말을 사용한 데 대해 철학자들의 너그러운 양해를 구하고자 하지만, 내가 의도하는 바는 물론 타인에게 권리가 있을 듯한 표제表題를 가로채려는 것이 아니다.

만일 관념학이 관념과 그것을 구성하는 부분에 대한

상세한 기술이라고 한다면, 이 책은 연애라고 불리는 열정을 구성하는 온갖 감정을 세밀하게 기술한 것이다. 이어 이 기술을 통해 나는 어떤 결과를, 이를테면 연애의 치료법 같은 것도 끌어낸다. 나는 관념학이 관념에 관한 논문을 가리키는 것처럼, 감정에 관한 논문을 가리키는 그리스 어가 무엇인지 알지 못한다. 혹은 어느 박식한 친구에게라도 부탁하면 한 마디쯤 마련해 주었을지도 모르지만, 나는 이미 '결정結晶작용' 이라는 신어新語를 채용하지 않으면 안 되었기 때문에 무척 죄송스럽게 여기고 있다. 만일 이 에세이가 독자를 얻는다 하더라도, 아무래도 이 신어를 허용해 주지 않을 듯한 느낌이 드는 것이다.

고백하지만 이 말을 피하려면 문학적 재능이 필요했을지도 모르고, 나도 그것을 시도해 보았지만 끝내 성공하지 못했다. 이 말을 사용하지 않으면 (이 말은 내 생각에 의하면 연애라고 불리는 그 광기의——광기라 해도 이것은 지상의 인류에게 맛보도록 주어져 있는 쾌락 가운데 가장 큰 쾌락을 얻게 하는 것이지만——주요한 현상을 표현하는 것으로, 이것을 대신하여 나타내려면 끊임없이 매우 우회적이고 완곡한 표현을 하지 않으면 안 될 것이다) 연애하는 사람의 두뇌와 마음에 있어 일어나는 현상을 설명하는 이 글이 작가인 나에게도 불명료하고 답답하고 지루하게 느껴지는 글이 되었을 것임에 틀림없으며, 독자 여러분에게는 더더욱 불명료하고 지루하게 생각되었을 것이다.

따라서 이 '결정 작용' 이라는 말을 너무 언짢게 여기는 독자는 이 책을 덮어버리라고 권하고 싶다. 물론 많은 독자를 얻는다는 것이 나에게는 의심할 나위도 없이 매우 다행한 일이지만, 반드시 내가 바라는 바는 아니다. 언제까지나 만날 수도 없겠지만, 알지 못하는 채로 미칠 듯이 좋아하는 파리의 3,40명의 사람들이 더없이 기뻐해 주기만 하면 나는 그것으로 흡족해할 것이다. 이를테면 회중 시계 뚜껑 조각사인 아버지의 작업실에서 희미한 소리만 들려도 이내 감추지 않으면 안 되는 책을 몰래 읽고 있는 젊은 롤랑 부인 같은 사람들이다. 롤랑 부인과 같은 마음을 가진 사람은 자신이 사랑하기 시작한 여자에게 온갖 아름다움과 모든 종류의 완성이 깃들여 있다고 여기도록 만드는 그 광기어린 행위를 표현하기 위해 사용한 결정 작용이라는 말뿐만 아니라, 너무 대담한 생략법도 내가 이용하도록 허용해 줄 것이고, 또한 허용해 주기를 바라고 있다. 잠깐 연필을 집어들고 행간行間에 빠져 있는 대여섯 마디의 말을 기입해 주기만 하면 되니까.

스탕달의 《연애론》 제3장 〈희망에 대하여〉의 원주原註.

연 보

발자크

1799년   프랑스 투르 출생.

1816년   파리 대학 법학부 입학.

1819년   문학지망을 표명, 양친과 대립했으나 유예기
         간을 얻어 파리 레스디에르 가街의 다락방에
         서 문학수업에 전념.

1820년   운문비극《크롬웰》완성,

1822~27년 《비라그의 여상속인》 및 많은 통속소설을
         가명으로 발표.

1829년   《부엉이 당黨》《결혼 생리학》을 발표하여 문단
         에 등장.

1833~47년《외제니 그랑데(Eugenie Grandet)》《고리오
         영감》《골짜기의 백합》《환멸》《사촌누이 베
         트》등을 발표.

1850년   폴란드 귀족 한스카 부인과 결혼한 후 5개월
         뒤 파리에서 사망.

스탕달

1783년   프랑스 그로노블 출생.
          본명은 마리 앙리 베일(Marie Henri Beyle).
1802년   극작가에 뜻을 두고 문학수업에 정진했으나
          별 성과가 없었음.
1806년~14년 군무원으로서 또한 관리로서 여러 직무
          를 보며 유럽 각지를 전전. 나폴레옹의 몰락
          과 함께 실직한 후 문필활동을 본격화.
1815년   《하이든, 모차르트, 메타스타시오 전》을 시작
          으로《이탈리아 회화사》등을 잇따라 발표.
1822년   《연애론》외 다수 발표.
1830년   대표작인《적과 흑》을 발표했으나 호평을 얻
          지 못함.
1838년   두 개의 자전《자아주의의 회상》《앙리 브륄
          라르의 생애》미완성 장편소설《뤼시앙 뢰
          방》《라미엘》《카스트로의 수녀》등의 중·단
          편을 모은《어느 여행자의 수기》등을 발표.

1839년 생애를 매듭짓는 걸작 《파르므의 수도원》을
        발표.
1842년 파리 체재중 뇌졸증 발작으로 사망.

■ 옮긴이 소개
서울대학교 사범대학 졸업.
한국교재 개발공사 주간 역임.
역서 《적극적 사고방식》 《우연과 필연》 《갈매기의 꿈》
　　《작은 것이 아름답다》 외 다수가 있음.

발자크와 스탕달의 예술논쟁

초판 1쇄 발행 / 1994년　7월 20일
2판 1쇄 발행 / 2005년　2월 25일
3판 1쇄 발행 / 2006년 12월 20일
4판 1쇄 발행 / 2016년　2월 25일

지은이 / 발자크 · 스탕달
옮긴이 / 김　진　욱
펴낸이 / 윤　형　두
펴낸곳 / 범　우　사

등록번호 / 제406-2003-000048호
등록일자 / 1966년 8월 3일
주소 / 413-120 경기도 파주시 광인사길 9-13 (문발동 525-2)
전화 / 대표 031-955-6900 팩스 / 031-955-6905

ISBN 978-89-08-06112-5 04800　(인터넷)www.bumwoosa.co.kr
　　　978-89-08-06000-5 (세트)　(이메일) bumwoosa@chol.com

온고지신(溫故知新)으로 21세기를!

현대사회를 보다 새로운 시각으로 종합진단하여
그 처방을 제시해주는

범우사상신서

www.bumwoosa.co.kr TEL 031)955-6900 범우사

2005년 서울대·연대·고대 권장도서 및

논술시험 준비중인 청소년과 대학생을

범우비평판

1 토마스 불핀치 1 그리스·로마 신화 최혁순 ★●	**7 L. 톨스토이** 1 부활(전2권) 이철
2 원탁의 기사 한영환	3-4 안나 카레니나(전2권) 이철 ★●
3 샤를마뉴 황제의 전설 이성규	5-8 전쟁과 평화(전4권) 박형규 ◆
2 도스토예프스키 1-2 죄와 벌(전2권) 이철 ◆	**8 토마스 만** 1-2 마의 산(전2권) 홍경호 ★●◆
3-5 카라마조프의 형제(전3권) 김학수 ★●	**9 제임스 조이스** 1 더블린 사람들·비평문 김종건
6-8 백치(전3권) 박형규	2-5 율리시즈(전4권) 김종건
9-11 악령(전3권) 이철	6 젊은 예술가의 초상 김종건 ★●◆
3 W. 셰익스피어 1 셰익스피어 4대 비극 이태주 ★●◆	7 피네간의 경야(9)·詩·에피파니 김종건
2 셰익스피어 4대 희극 이태주	8 영웅 스티븐·망명자들 김종건
3 셰익스피어 4대 사극 이태주	**10 생 텍쥐페리** 1 전시 조종사(외) 조규철
4 셰익스피어 명언집 이태주	2 젊은이의 편지(외) 조규철·이정림
4 토마스 하디 1 테스 김회진 ◆	3 인생의 의미(외) 조규철
5 호메로스 1 일리아스 유영 ★●◆	4-5 성채(전2권) 염기용
2 오디세이아 유영 ★●◆	6 야간비행(외) 전채린·신경자
6 밀 턴 1 실낙원 이창배	**11 단테** 1-2 신곡(전2권) 최현 ★●◆
	12 J. W. 괴테 1-2 파우스트(전2권) 박환덕 ★●◆
	13 J. 오스틴 1 오만과 편견 오화섭 ◆
	2-3 맨스필드 파크(전2권) 이옥봉
	4 이성과 감성 송은주
	14 V. 위 고 1-5 레 미제라블(전5권) 방곤
	15 임어당 1 생활의 발견 김병철
	16 루이제 린저 1 생의 한가운데 강두식
	2 고원의 사랑·옥중기 김문숙·홍경호
	17 게르만 서사시 1 니벨룽겐의 노래 허창운
	18 E. 헤밍웨이 1 누구를 위하여 종은 올리나 김병철
	2 무기여 잘 있거라(외) 김병철 ◆
	19 F. 카프카 1 성(城) 박환덕
	2 변신 박환덕 ★●◆
	3 심판 박환덕
	4 실종자 박환덕
	5 어느 투쟁의 기록(외) 박환덕
	6 밀레나에게 보내는 편지 박환덕
	20 에밀리 브론테 1 폭풍의 언덕 안동민 ◆

마크 트웨인

溫故知新으로 21세기를! 범우사 T.031)955-6900 F.031)955-6905 www.bumwoosa.co.kr

미국 수능시험주관 대학위원회 추천도서!

위한 책 최다 선정(31종) 1위!

세계문학

150권

발행 ▶계속 출간

▶크라운변형판
▶각권 7,000원~15,000원
▶전국 서점에서 낱권으로 판매합니다

★ 서울대 권장도서
● 연고대 권장도서
◆ 미국대학위원회 추천도서

범우학술·평론·예술

범우 셰익스피어 작품선

범우비평판세계문학선 3-①②③④

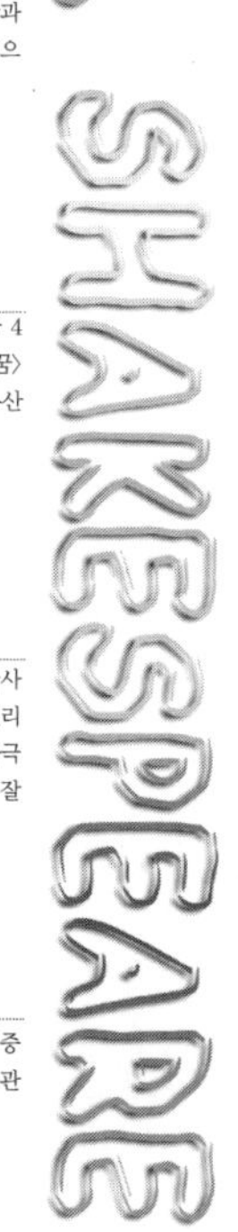

셰익스피어 4대 비극

W. 셰익스피어 지음/이태주 옮김
크라운 변형판 · 값 12,000원 · 544쪽

우리에게 너무도 잘 알려진 〈햄릿〉〈맥베스〉〈리어왕〉〈오셀로〉 등 비극 4편을 싣고 있으며, 셰익스피어의 비극세계와 그의 성장과 정 · 극작가로서 그가 차지하는 문학사적 지위 등을 부록(해설)으로 다루었다.

셰익스피어 4대 희극

W. 셰익스피어 지음/이태주 옮김
크라운 변형판 · 값 10,000원 · 448쪽

영국이 낳은 세계최고의 시인이요 극작가인 셰익스피어의 희극 4편을 실었다. 〈베니스의 상인〉〈로미오와 줄리엣〉〈한여름밤의 꿈〉〈당신이 좋으실 대로〉 등을 통하여 우리의 영원한 세계문화 유산인 셰익스피어를 가까이 만날 수 있을 것이다.

셰익스피어 4대 사극

W. 셰익스피어 지음/이태주 옮김
크라운 변형판 · 값 12,000원 · 512쪽

셰익스피어 사극은 14세기 말에서 15세기 말에 이르기까지 영국사의 정권투쟁을 다루고 있다. 여기에는 〈헨리 4세 1부, 2부〉〈헨리 5세〉〈리차드 3세〉를 수록하였는데 셰익스피어는 이러한 역사극을 통해 세계인들에게 이상적인 군주의 모습이 어떤 것인지를 잘 보여주고 있다.

셰익스피어 명언집

W. 셰익스피어 지음/이태주 편역
크라운 변형판 · 값 10,000원 · 384쪽

이 책은 그의 명언만을 집대성한 것으로 인간의 사랑과 야망, 증오, 행복과 운명, 기쁨과 분노, 우정과 성(性), 처세의 지혜 등에 관한, 명구들이 일목요연하게 엮어져 있다.